아무도 사랑하고 싶지 않던 밤

KB116848

아무도 사랑하고 싶지 않던 밤 큰글자책

1판 1쇄 인쇄 2022. 2. 11.
1판 1쇄 발행 2022. 2. 18.

지은이 김남준

발행인 고세규
편집 이예림 디자인 박주희
발행처 김영사

등록 1979년 5월 17일 (제406-2003-036호)
주소 경기도 파주시 문발로 197(문발동) 우편번호 10881
전화 마케팅부 031)955-3100, 편집부 031)955-3200 | 팩스 031)955-3111

값은 뒤표지에 있습니다.
ISBN 978-89-349-4897-1 04800 | 978-89-349-9075-8 (세트)

홈페이지 www.gimmyoung.com   블로그 blog.naver.com/gybook
인스타그램 instagram.com/gimmyoung   이메일 bestbook@gimmyoung.com

아무도 사랑하고 싶지 않던 밤

★   내 인생을 바꾼
아우구스티누스의
여덟 문장

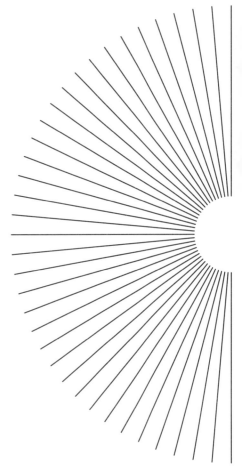

김남준 지음

★

큰글자책

김영사

*Eight
Sentences
of St. Augu-
stine That
Chan-ged
My Life*

서문

누구와도 나누어 질 수 없는 인생의 무게가 있습니다. 어떤 사람은 그것을 일찍 느끼고 또 어떤 사람은 늦게 느낄 뿐입니다. 즐겁고 기쁜 일이 있으면 그 무게를 쉽게 잊는 사람이 있고, 집요하게 느껴지는 무게에서 벗어나지 못하는 사람도 있습니다.

저는 어린 나이에 그 무게를 느끼기 시작했습니다. 초등학교 4학년 때쯤 동요를 부르면서 누나가 멀리 떠났다는 가사에 눈물을 흘리기도 했습니다. 제게 누나는 있지도 않았는데 말입니다.

어린 가슴에도 세월이 흐른다는 사실에 오롯이 외로움이 느껴졌던 것입니다. 아마도 흐르는 세월에 이별하게 되고, 나만 홀로 남겨진다는 사실이 주는 느낌을 알았나 봅니다.

이 시대는 우리에게 너무 깊이 생각하지 말라고 합니다. 좀 가벼운 마음으로 인생을 즐겁게 살라고 합니다. 그런데 제게는 그것이 잘 안 되었습니다. 죽는 것이 무섭던 시절을 지내보았고, 사는 것이 무섭던 시절도 지내보았습니다. 사랑이 모든 것을 해결해줄 것이라는 생각도 했습니다. 그러다가 헤르만 헤세를 탐독하면서 죽음만이 해결책이라는 결론에 도달하기도 했습니다.

아직 인생을 끝까지 살지는 않았지만, 깨닫게 된 것이 있습니다. 무거운 생각이 인생을 힘들게 하는 것이 아니라 그 반대라는 사실이었습니다. "생각이 가벼우면 인생이 무겁다."

어린 시절 그 무서운 방황과 그 후로도 계속된 고뇌의 시간들이 부끄럽지 않습니다. 후회스럽지도 않습니다. 왜냐하면 그것들은 저에게 인생을 더 깊이 생각하게 하는 훈련이었기 때문입니다. 제가 다른 사람들보다 훌륭한 삶을 살고 있다고 생각하지 않습니다. 더욱이 제가 인생에 대해 누군가를 가르칠 만큼 대단한 사람이라고 여기지도 않습니다. 다만 한 번밖에 없는 나의 인생을 잘 살고 싶을 뿐입니다. 그 사랑과 고뇌는 남을 위한 것이 아니라 그런 소망을 가진 나 자신을 위한 것이었습니다.

"그대는 엄숙하리만치 존귀한 존재다."

유리그릇처럼 깨지기 쉬운 저의 마음을 붙들어준 명제였습니다. 인간이 존엄하다는 사실에는 이의를 제기할 사람이 없지만, 왜 그러한지를 설명할 수 있는 사람도 많지 않을 것입니다.

이 책은 절망 속에 죽음을 택했던 한 인간이 어떻게 그 사실을 알고 용기를 내서 자기 인생을 살아갈 수 있었는지에 대한 고백입니다. 감당할 수 없는 인생의 무게에 힘겨운 이들, 인생의 벼랑 끝에서 삶을 끝내고 싶은 사람들, 그리고 혼돈 속에서 왜 사는지도 모르는 채 어쩔 수 없이 살아가는 이웃들에게 갖게 해주고 싶은 한 가지가 있었습니다. 그것은 생각할 용기였습니다.

난 누구인가?
어떻게 살아야 하나?
세계는 무엇인가?
신은 존재하는가?

인생의 답을 찾지 못할 때 막연히 세상에 대해 앙심을 품게 됩니다. 그러한 앙심은 메아리가 되어 자신을 황폐하게 하고, 이에 마음은 더욱 거칠어져 가시나무숲같이 되어서 지친 새 한 마리 날아와 앉을 수 없게 됩니다.° 누구에게나 사랑이 필요한데 말입니다.

저의 자전적 이야기가 포함된 이 글은 한 인간이 죽고, 다시 태어나고, 살았던 고백입니다. 어디선가 나처럼 아무도 알아주지 않을 인생의 무게 때문에 슬픔 속에 잠들고

°   하덕규 작사·작곡, 〈가시나무〉(1988). 하덕규 노래.

고독 속에 눈뜨는 이들을 생각하며 쓴 글입니다.

이 글은 시도 아니고 산문도 아닙니다. 저는 장르의 그물에서 빠져나온 글을 쓰고 싶었습니다. 독자들에게 숨 쉬 듯 읽히는 글이 되어 저의 슬픔과 기쁨이 공기처럼 빨려 들어가서 희망을 줄 수 있다면 무엇이든지 하고 싶었습니다.

독자들과 같은 시대를 살아가는 한 인간으로서, 제게 두려운 것은 두 가지입니다. 생각 없이 사는 것과 무서워하며 사는 것입니다. 사람답게 살고 싶은 이들 중 누가 그러지 않다고 말할 수 있겠습니까?

저는 불 꺼진 방이 무섭지 않게 되었습니다. 어떤 사람에게는 원래 무섭지 않았을 것입니다. 그러나 제게는 기적입니다. 그렇게 되기까지 가혹하리만치 길고 외로운 방황의 시간을 보냈습니다. 그래서 이제 불 꺼진 방에 홀로 있어도 무섭지 않게 된 것이 제게는 너무나 놀라운 일입니다.

아우구스티누스는 기독교 사상가였습니다. 그러나 역사적으로 볼 때 그는 서양사상의 바다로 나가는 수문이었습니다. 그의 사상은 우주론적이며 통합적입니다. 현대 서구 해체주의 철학자들조차도 그에게서 종합을 배웠기에 해체를 말할 수 있었습니다.

지금으로부터 약 15년쯤 전에 그를 깊이 만났습니다. 그 사람만큼 깊이 있는 철학도, 그의 작품만큼 감명 주는 문학도 나는 만나지 못했습니다. 그는 한 인간으로서 잘 살고 싶은 나를 많이 울게 했고 그렇게 살 용기를 주었습니다. 지난날 내가 겪었던, 뜨거운 사랑과 외로운 고뇌. 그 의미를 정리해주었습니다. 그래서 이 책은 특정 종교를 가진 사람들끼리가 아니라 인간으로 살아가야 하는 모든 사람들과 나눌 이야기가 되었습니다.

제가 읽은 그의 수십 권의 책들 중 깊은 감명을 주었던 여덟 문장을 골랐습니다. 그 여덟 문장을 사다리로 삼아 제 인생의 밤하늘에서 별을 따듯이 의미를 따왔습니다. 마음의 바구니에 담았습니다. 그 여덟 개로 된 별 떨기의 빛살을 실 삼아 뜨개질하듯 한 권의 책을 엮었습니다.

아무도 사랑하고 싶지 않던 밤, 어디선가 지난날의 저처럼 불 꺼진 방에 홀로 있는 것을 무서워하고 있을 그 사람 위해 작은 촛불을 밝히는 마음으로….

저자 김남준 드림

차례

서문 * *5*

프롤로그 * *12*

1   내가 날 떠나 어디로 갈까 * *15*

2   나는 무엇이란 말인가 * *37*

3   생각이 가벼울 때 인생은 무겁다 * *63*

4   공간은 주고 시간은 빼앗아간다 * *97*

5   있는 것은 없는 것이다 * *119*

6   아무것도 사랑하지 않을 때 * *143*

7   늦게야 사랑하게 되었습니다 * *171*

8   찾으면 발견하리라 * *193*

에필로그 * *212*

참고문헌 * *216*

프롤로그

한순간의 시선.
사랑은 그렇게 시작된다.
단지 쳐다봤을 뿐인데 사랑은 시작된다. 통속소설의 사랑도,
문학사에 길이 남을 작품 속의 사랑도 마찬가지다.
한 권 책이 인생을 바꿨다고? 아니다.
한 문장이 마음을 낚아채지 않았다면 다 읽지도 못했을 거다.
눈으론 읽었겠지. 하지만 마음으로는 못했을걸.
그녀의 일대기 듣고 나서 사랑하기 시작하는 남자 없다.
한눈에 반한다며?

한 문장에 시선을 빼앗긴다. 씨앗이다.
책과의 사랑은 그 열매다. 그 사이 꽃 피고 비바람도 맞겠지.
그래서 사연을 간직하게 되는 거다.

여덟 문장. 그대의 인생을 바꿨다고?
뻥이지? 튀겼지? 둘 다 아니다.
탕자가 성인이 되거나, 식인종이 선교사가 되거나, 사기꾼이
법관이 된 것만 상상하지 말라.
그런 식으로 바뀌었다는 뜻이 아니다.
여덟 문장 만나기 전에도, 후에도 나는 나다.
그런데 날 바꿨다니까?

묵은 땅.

황소가 그 위를 지나간다.

쟁기가 땅을 파서 뒤집는다. 흙덩이가 물결친다.

써레로 헤집고 쇠스랑으로 고른다.

묵은 땅이 밭으로 바뀐다.

그런 식으로 내 인생을 바꿨다.

나는 느낀 바를 넘어선 과장이 싫다.

평판에도 그닥 마음 쓰지 않는다.

그냥 나의 정情. 옹달샘에 물 가득 고이면

그 물 넘쳐 흘러가듯 내 글은 흘러간다.

다 알지 못한단 말은 들어도 좋다.

그런데 거짓부렁을 했단 이야긴 듣고 싶지 않다.

그렇게 바뀌었다면서 그것밖에 못 사냐고?

그러면, 나는 그래서 요만큼이라도 사는 거라고 말할 거다.

나는 안다. 내가 아무것도 아니라는 걸.

아우구스티누스와 나.

천육백 년의 시간을 넘어 스승과 제자가 됐다. 그는 내게 넘을
수 없는 벽이다. 다만 그의 순전한 지성과 불타는 사랑을 닮고
싶을 뿐이다.

조금이라도 나은 사람이 되고 싶을 뿐이다. 죽는 날까지….

1

*

내가 날 떠나 어디로 갈까

*

잡지의 표지처럼 통속한 인생이란다.
그러니 무엇이 무서워 떠나냐고 묻지 마라.
버지니아 울프 때문에 울지 마라.
상심한 별이 가슴에 부서져도 시간은 흘러간다.
그래도 나는 나로 살아야 한다.
그래서 나를 찾아야 한다.

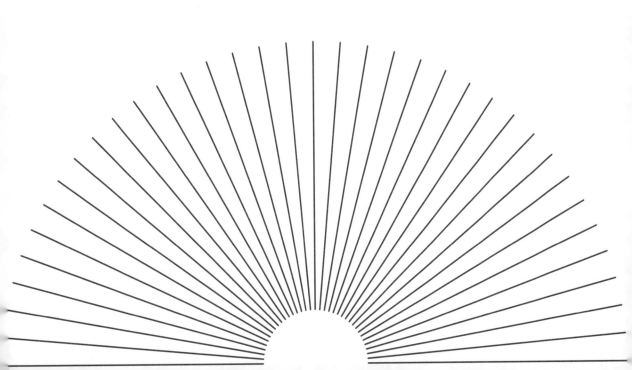

*

내 마음이 내 마음을 피해서 어디로 간다는 말입니까?
내가 내 자신을 떠나 어디로 갈 수 있단 말입니까?
내 자신이 따라오지 못하도록 도망칠 은신처가 그 어디에 있겠나이까?

Quo enim cor meum fugeret a corde meo?
Quo a me ipso fugerem?
Quo non me sequerer?

아우구스티누스, 《고백록*Confessiones*》, 4.7.12

하늘은 푸르렀다.
겨울은 빚쟁이한테 붙잡힌 사람처럼 봄으로 도망치지 못했다.
찬바람이 애꿎은 나뭇가지만 흔들고 있었다.

내 나이. 열네 살하고 두 달.
일요일 오전. 예배당에 가고 있었다.
검정색 교복에 낡은 외투. 뺨이 시렸다.
예배당은 걸어서 삼십 분 거리.
경춘선 기차역 지나서 동네 언덕에 있었다.
기차가 지나는 철길 아래를 걸어야 했다.
성경 옆에 끼고 신작로를 걸어간다.

왈칵! 눈물이 쏟아졌다.
길옆에는 논밭. 철둑길로 이어진 언덕이 있었다.

나도 모르게 논둑길로 발걸음을 옮겼다.
주저앉아 엎드렸다.
슬픈 자에게 외로움은 선물이라고 했던가?°
펑펑 울었다.
마음이 슬프니 가슴팍이 아팠다. 무서웠다.

언제부터일까?
죽음을 생각하지 않는 날이 없었다.

죽는 건 두렵지 않았다. 사는 게 무서웠다.
모두들 남이었다.
하긴 나조차 남 같았으니 누가 내게 나 같았겠는가?

아침마다 눈을 뜬다.
보고 싶은 이도, 하고 싶은 것도, 가고 싶은 데도 없다.
오늘 하루 어떻게 살아야 하나?
깜깜한 어둠. 끝없는 우주. 침묵의 공간.
나 홀로 던져진 것 같다.

한참 울다 생각했다.
나 왜 울고 있지? 이상하다.
마음은 슬픔에 찢어지는데 이유를 찾을 수 없다.
난 어렸다. 그런데 깨달았다.
나 슬픈 이유 네 가지 질문에 맞닿아 있었다는걸.°°

난 누구인가?
어떻게 살아야 하나?
세계는 무엇인가?
신은 존재하는가?

다시 슬픔이 밀려온다.
질문은 명료한데 답이 없다.

그것이 내 인생의 마지막 슬픔이었으면 했다.
질문을 모를 땐 슬픔이 송곳으로 찌르는 듯했고,
알게 되었을 땐 고통이 창으로 쑤시는 것 같았다.
내 영혼은 새파랗게 질렸다. 하늘은 여전히 푸르렀다.

얼마나 시간이 흘렀을까?
입꼬리를 타고 찝찔한 게 흘러들어온다.
먼저 흘린 눈물에 차가운 바람이 스친다.
얼굴은 풀 먹인 빨래처럼 굳었다.
나중 흘린 눈물엔 증오가 섞였다.
쓰디쓰다. 누가 미웠던 걸까?
주먹으로 흐르는 눈물을 닦았다. 마음을 굳혔다.

◦ "그리고 맘껏 소리를 내어 울어보려고, 나는 알리피우스를 떠나고자 일어났습니다. 이는 홀로 있는 것이 울기에는 더욱 어울릴 것 같아서였습니다." Aurelius Augustinus, *Confessions*, 8.12.28, *Corpus Christianorum Series Latina*, vol. 27(Turnholti: Brepols, 1996), 130.

◦◦ 김남준, 《신학공부, 나는 이렇게 해왔다》, vol. 1(서울: 생명의말씀사, 2016), 14.

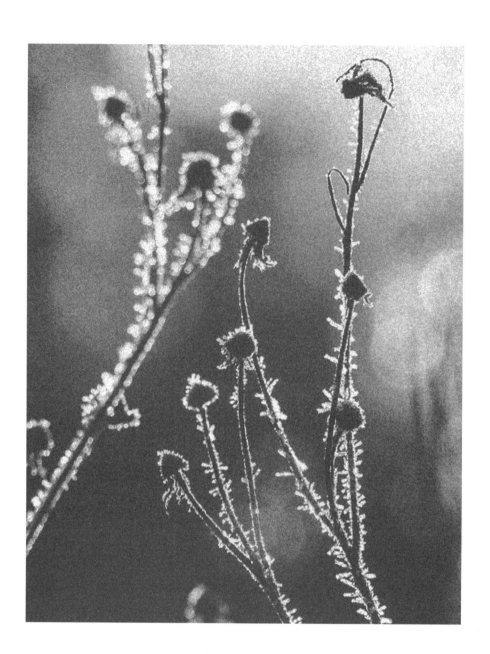

평생 무신론자로 살자!
신은 없다!
있다고 해도 내 인생에 간섭할 권리 없다!
왜? 내가 그렇다잖아. 이 자식아!

생후 십사 년 이 개월. 생애 최초의 인생 선언이었다.
난 그렇게 살기로 했다.
그러자 슬픔은 거짓말처럼 사라졌다.
공휴일의 기차가 요란한 소리를 내며 지나간다.
대상 없는 원한을 기적소리처럼 남긴 채.
바람에 검불 흩날린다.

★

세월은 흘러갔다. 어느 해 가을날이었다.

내 마음이 내 마음을 피해서 어디로 간다는 말입니까?
내가 내 자신을 떠나 어디로 갈 수 있단 말입니까?
내 자신이 따라오지 못하도록 도망칠 은신처가
그 어디에 있겠나이까?

이 문장은 빡빡머리로 울던 일요일.
찬바람 불던 논둑의 기억으로 날 불러냈다.

날 잡아끄는 힘은 어디서 온 걸까?
내 마음 어디 숨었다가 나타난 걸까?
회상은 신기하다.
잊고 살아온 것들을 되살려 내놓는다. 생생하다.

엎드려 울던 때,
옷깃을 스치던 겨울바람. 소매 끝에 검불들.
코끝에 닿는 겨울 냄새. 여기저기 얼어붙은 논바닥.
희끗희끗 투명한 얼음의 빛깔. 그 날카로운 서리 끝,
반사되어 반짝이던 햇빛까지.
아아, 참 깊고 넓은 기억의 힘이다.

세월은 흘렀다.
나는 기독교에 귀의歸依했다.
그때처럼 내 영혼 질리도록 무섭지 않다.
그런데 어쩜 그 기억 이리 생생할까?
과거가 현재보다 더 현실 같다.

첨벙!
해 저무는 저녁. 강물에 큰 잉어 뛰어오른다.
잔잔하던 수면 위에 파문이 인다.
뛰어오른 놈 사라졌어도 물결은 퍼져간다. 멀리멀리.
기억은 물결. 그렇게 의식意識의 수면을 헤엄친다.

나는 병상에 누워 있었다.
그 애가 주먹쥔 오른손으로 눈물을 닦고 있다.
손을 뻗었다. 꼭 안아주었다. 그리고 함께 울었다.
그 애는 우는 내 마음 알지 못해도 나는 알았다.
그 애는 자신 때문에 아팠고,
나는 아파하는 그 애 때문에 아팠던 거다.

꿈이 아니었다.
단지 기억의 다이얼 한 번 돌렸을 뿐인데.
오래된 영화의 한 장면처럼 또렷하다.
이른 아침, 나 홀로 있는 방.
안나 네트렙코의 〈솔베이지의 노래〉가 울려 퍼진다.°

나는 답을 찾았다고 믿었다.
하지만 그 답에 영혼까지 익숙해지진 않았던 거다.

°   에드바르 그리그Edvard H. Grieg 작곡, 〈페르 귄트 모음곡
      Peer Gynt Suite〉 중 "솔베이지의 노래"(Solveig's Song,
      1875). 소프라노 안나 네트렙코Anna Netrebko 노래.

예쁠 것도 없는 병실.
침대에 누워 천장을 바라본다.

나는 물었다. 그 가엾은 소년에게.
무엇이 널 그토록 무섭게 했니?
소년은 말이 없다. …….

놀이동산에서 울던 아이.
엄마 손을 놓쳤다. 한 손에 풍선을 든 채 운다.
새파랗게 질린 입술. 두 볼엔 눈물이 주르륵 흐른다.
그때 내가 그랬다.

그제야 알 것 같았다.
아아, 인생의 주체가 되는 게 무서웠던 거다.
그럼 병실에서의 기억은 뭐였지?
익숙해졌으나 사실은 내가 아닌 것의 껍질을 벗은 거였다.
그 대신 본래 있던 날 만진 거였다.

다시 꼭 안아준다.
둘 다 울음을 그쳤다. 포근하다.

내가 내 자신을 떠나 어디로 갈 수 있단 말입니까?

아우구스티누스가 흐느끼는 소릴 듣지 않곤
이 문장 읽은 적이 없다.
그래. 내가 날 떠날 순 없지.

내 마음이 내 마음을 피해 어디로 가겠는가?
나 자신이 도망쳐 숨을 은신처 어디 있겠는가?

내게 가르쳐주었다. 자아自我를 떠날 수 없다는 걸.
그것을 자기 마음에서 발견했던 거다.
그때 난 어렸고 세월은 흘렀다.

나에게 가장 낯선 사람은 나 자신이다.

떠날 수 없는 마음.
그런데도 나와 나 사이 얼마나 먼가?
살아 있는 나와 진짜 있는 나 사이의 거리만큼 멀다.

사람. 살아 있는 가치는 자유에 있다.
내가 인생의 주체가 돼야 한다.
내가 생각하고 느낀다. 내가 판단하고 행동한다.
내가 책임진다. 거기서 뜻을 찾는 거다.
기쁜 날 있고 슬픈 날도 있을 게다.
거기서 의미를 발견하는 게 인생이다.

그런데 그게 참 어렵다.

북쪽 하늘.
북극성은 바다에서 멀다.
어떤 배도 그 별에 도달한 적 없는데,
밤바다 위 모든 배 그 별 보고 항로 잡는다.

내 마음대로 산다고? 그건 자유롭게 사는 게 아니다.
맞닥뜨리는 삶의 모든 사태들.
거기서 영원한 의미를 찾을 수 있어야 한다.
의미를 아는 자는 나다. 하지만 의미를 주는 건 내가 아니다.
항로는 내가 정하나 그 별 항상 거기 있듯이.

살아 있다는 건 운명과 같다.
너무 엄연해서 변경할 수 없다.
살아 있는 건 들풀이나 짐승도 하는 거다.
그런데 살아가는 건 사람만 할 수 있다.
나는 살아 있는 한 살아가야 한다.
내가 날 떠날 수 없다.
그러니 나는 나로서 살 수밖에 없지 않은가?

나는 누구인가?
기독교에 귀의한 후에도 계속된 질문이었다.

세상이 창조된 걸 알았다. 그분이 날 사랑하는 것도 알았다.
인간이 존귀하다는 말도 들었다.
그런데 내겐 왜 꼭 남의 신발을 신은 것 같았을까?
답이 다리라면, 난 건너가기를 주저했다. 왜 그랬을까?

★

보석 가게. 실내 조명이 눈부시다.
한 젊은 부인이 넷째 손가락에 끼고 있던 반지를 뺀다.
결혼 반지다. 빛나는 다이아몬드.
소중한 기억들을 간직했을 텐데.

파실려구요?
네. 힘없이 대답한다.
보석상 직원이 감정용 안경을 낀다. 한참 동안 요리조리 본다.
탈칵! 오른쪽 눈에 꼈던 안경을 유리 위에 내려놓으며 말한다.
부인, 모조품입니다!

비싼 게 가짜도 많다.
명품에만 미러급 제품이란 게 있다.
거울에 비친 것 같단다. 웬만해선 구별 못할걸?
그래봤자 다 짝퉁이다.
내 안에 날 베낀 짝퉁이 있다.

명품인 나와 함께 있어 운명처럼 같이 산다.
짝퉁은 명품 때문에 힘들고 명품은 짝퉁 때문에 괴롭다.
둘 다 저 같은 애들끼리 어울려야 제격인데.
제멋대로 못하는 짝퉁이나 싸구려 취급받는 명품이나
둘 다 고생이다.
에잇! 울화가 치민다.
대체 이 빌어먹을 조합은 어째서 생겼나?

기독교인은 회개悔改라는 걸 한다.
자신이 잘못한 것에 대한 후회다. 그걸로 인한 슬픔이다.
비참을 자각한다. 자신을 믿었던 걸 자책한다.
그래서 그분을 더 의지하게 된다.
가짜인 나의 조종을 받았다는 걸 깨닫는다. 짝퉁 자기다!
내가 내 밖에서 나를 본다.
그게 자기반성이다.
그걸로 인생의 의미를 찾아간다.

남북은 내가 정한 게 아니다.
그런데 나침반은 내 손안에 있다.

내가 나를 떠나 어디로 갈 수 있겠는가?
행복한 일 만나면 기뻐하는 나를 만나고,
불행한 일 만나면 슬퍼하는 나를 만나게 될 뿐이니,

내가 날 피해서 어디로 숨는단 말인가?
어디로 가면 나 아닌 다른 사람이 될까?
인생 사는 게 어렵다. 자기 발견하는 게 힘들어서다.

먹고 노는 기쁨에 마음 다 쓴다고?
그게 좋냐? 프로포폴propofol 같은 거다.
그 속에서 나는 점차 나에게 낯선 존재가 되어간다.
날 만날 기회가 없기에.
내가 낯설어진다고? 그럼 내 인생은 누가 살아주나?
낯선 내가 사는 인생은 누구를 위한 삶인가?

자기를 찾지 않는 삶.
갚지 못할 어음을 긁는 거다.
세월 흘러가고 나이는 먹는다.
인생 말년. 남발한 어음은 지급 만기가 되어 돌아온다.
가혹한 추심자는 피도 눈물도 없다.

기독교에 귀의하기 전,
아우구스티누스는 마니교에 빠졌다.°
당대 지성인들에게 유행처럼 전파되던 종교다.
철학적이면서 신비적인 혼합종교였다.
거기서 선악善惡에 대한 혼란에 빠졌다.

선과 악이 우주에서 서로 싸운단다.
인간 안에도 선성善性과 악성惡性, 두 개의 영혼이 있단다.°°
그래서 인간의 마음까지 전쟁터로 삼는단다.
사람이 나쁘게 사는 게 이유가 있단다.
자기 속에서, 선이 악과의 투쟁에 패배했기 때문이란다.
결국 사람이 악을 행하지만 그 자신도 피해자라는 거다.
나쁘게 살려는 자에겐 신나는 일이겠지?

후일 그는 다음과 같이 고백했다.

**그때까지 제 생각에 죄를 저지르는 것은 우리 자신이 아니라,
그것에 대해 책임져야 할 우리 안에 있는 어떤 다른
본성이라고 여겨졌습니다.°°°**

그는 아직도 자기 자신을 못 찾았었던 거다.

인생의 숙제. 그것은 참된 자기로서 살아가는 거다.
인생길. 그게 누군지 배우는 학교생활이다.
자신을 떠나 살 수 없다. 나 자신을 찾아야 한다.

내가 인생의 주체로 살지 않는다고?
그래서 행복하다면 그 행복은 누가 느끼는 건가?
심장 뛰는 소리를 관에 못 박는 소리라고 했던가?

그럼 숨 쉬는 소리는 화장터의 풀무 소리일 게다.

잡지의 표지처럼 통속한 인생이란다.
그러니 무엇이 무서워 떠나냐고 묻지 마라.
버지니아 울프 때문에 울지 마라.°°°°
상심한 별이 가슴에 부서져도 시간은 흘러간다.°°°°°

°   마니교는 기원후 3세기 이란인 마니에 의해 창시되었다. 그는 조로아스터교의 교리를 뼈대로 하여 기독교, 영지주의, 불교는 물론 당시 민간토착 신앙까지 융합하여 신비적이고 지성적인 사상체계를 수립했다. 김남준,《영원 안에서 나를 찾다》(서울: 포이에마, 2015), 262-263.

°°   Augustinus, *Confessiones*, 8.10.22.

°°°   *"Adhuc enim mihi uidebatur non esse nos, qui peccamus, sed nescio quam aliam in nobis peccare naturam…"* Augustinus, *Confessiones*, 5.10.18.

°°°°   버지니아 울프Adeline Virginia Woolf(1882-1941). 영국의 페미니스트 소설가. 우즈강에 투신하여 자살했다.

°°°°°   "한 잔의 술을 마시고 / 우리는 버지니아 울프의 생애와 / 목마를 타고 떠난 숙녀의 옷자락을 이야기한다 / … / 술병에서 별이 떨어진다 / 상심한 별은 내 가슴에 가볍게 부숴진다" 박인환,〈목마와 숙녀〉,《목마와 숙녀》(서울: 미래사, 1991), 12-13.

그래도 나는 나로 살아야 한다.
그래서 나를 찾아야 한다.

사람은 모두 죽는다.
나는 나로서 잘 살았다.
이런 말을 남길 수 있으면 얼마나 좋을까?
시간은 흐른다.
우리가 삶을 떠나는 게 아니다.
죽음이 우리를 영원 속으로 데려가는 거다.
울고 웃음에 명멸하던 모든 것들도 흘러간다.
나도 흘러간다.
아아, 인생이 어찌 이리도 허무한가?°

영원의 틈새에 나타났다 사라지는 존재.
반딧불이와 같다. 그게 인생이다.

°   "나의 때가 얼마나 짧은지 기억하소서 주께서 모든 사람을
    어찌 그리 허무하게 창조하셨는지요"(시편 89편 47절).

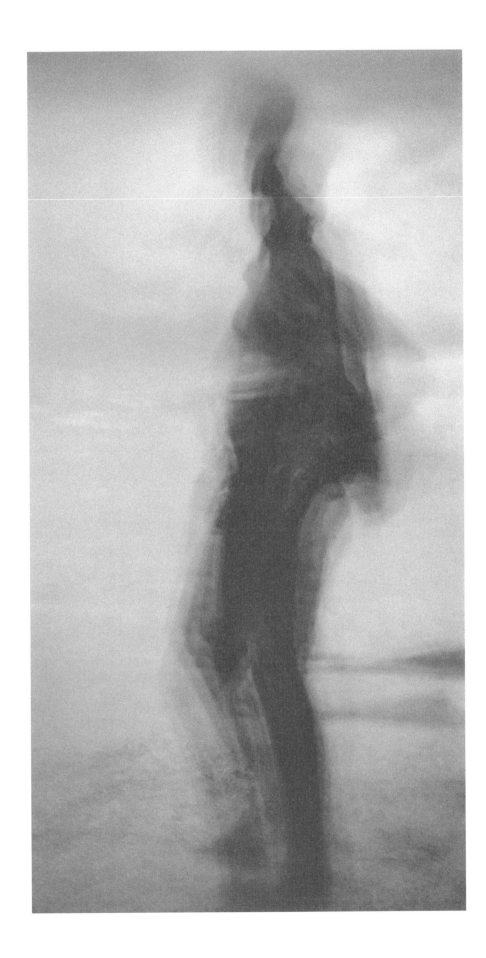

짧은 인생이다. 자기로 살아가라.
떠날 수 없는 자신에게서 멀어지려 하지 말라.
떠나야 할 자신과 영원히 살 것처럼 붙어 있지도 말라.
그런 인생은 싫다고 해라!
내 인생을 남이 대신 살아주지 않는다.
그러니 속일 수 없이 참된 자신을 찾아라.

익숙한 나와의 이별이 때론 아프다.
그러나 어쩌랴? 아파도 참된 나를 찾아가는 길이니.
옛 시인 두보杜甫가 그랬단다.
달에서 놀던 사람 떠나보내며
이별은 항상 슬픈 거라고.
사랑하는 사람.
죽어서 이별하는 건 울음을 삼켜야 하고,
살아서 이별하는 건 언제나 아프도록 슬픈 거라고.°

안나 게르만의 〈나 홀로 길을 가네〉의 쓸쓸한 선율.
그렇지 않아도 쓸쓸한 날 나그네로 만든다.°°
끝이 보이지 않는 벌판. 사람도 집도 없다.
인생은 혼자 걷는 거란다.
황야의 저녁. 잿빛 하늘 아래 잠드는 대지.
자신을 찾지 못하는 외로움.
바스락거리는 참나무 잎사귀들.

34

흐느끼는 울음소리는 바람에 흩어진다.

이 문장은 《고백록》에 나온다.
사람들이 자길 잘 모르고 너무 존경하기에 그 책을 썼단다.
자기가 더럽고 비참한 인간이란 걸 알려주려고 썼단다.
그러니 제발 너무 존경하지 말아달라고.
하지만 실패했다. 그 책을 읽고 더욱 존경하게 됐으니까.

○   "死別已吞聲, 生別常惻惻"(죽어 이별은 소리조차 나오질
않고 살아 이별은 언제나 슬프기만 하다). "이백을 꿈에 보다
(夢李白)"의 첫 구절이다. 이백은 두보와 직접 교류한 사이
는 아니었으나 애틋한 동지애로 염려하고 있다. 杜甫, 〈夢李
白〉, 《唐詩選》, 김학주 역저(서울: 명문당, 2011), 252-254.

○○ "나 홀로 길에 나섰어요. …황야의 밤은 고요하여 신의 음성
마저 들릴 듯하고 별들은 속삭이네요. …대지는 푸른 빛 속
으로 잠이 드는데, 나는 왜 이렇게 아프고 괴로운지요? …내
위에서 푸르고 울창한 참나무가 영원토록 몸을 굽혀 바스락
거려주면 좋겠네요." 러시아의 민요에 미하일 레르몬토프
M. Y. Lermontov 시, 〈나 홀로 길을 가네〉(Выхожу один я
на дорогу, 1841)를 붙인 곡으로서 소프라노 안나 게르만
Anna German이 노래함.

＊

내 마음이 내 마음을 피하여 어디로 간다는 말입니까?
내가 내 자신을 떠나 어디로 갈 수 있다는 말입니까?

나로 살기를 피하지 않겠다고 다짐했다.
어떻게 찾은 나인가?

그대는 지구상에 남은 마지막 희귀종.
살아 있는 최후의 개체다.
그것만으로도 사랑받을 가치가 있다.
사람이 자기 지문 갖고 태어나듯이,
자기만의 인생을 자유롭게 살라고 태어난 거다.

지금 살고 있는 나.
이제껏 살아온 나를 만나 뜨겁게 포옹하자.
나 떠날 수 없는 나를 찾을 수 없다고?
그럼, 나는 어디에 있을까?

나와 함께 자기를 찾는 여행을 떠나자.

자, 이제 일어날까?
걷기에 좋은 겨울밤이잖아!

2

*

나는 무엇이란 말인가

*

매달린 병 속 노란색 액체, 핏줄을 타고 들어간다.
하나, 둘, 셋, 넷, 다섯 … 열도 못 셌다.
낯선 약기운이 온몸에 퍼진다.
나른하다. 죽음 같은 깊은 잠으로 떨어진다.
진리라는 게 그랬다.
지루하리만치 느리게 다가와도
일단 마음이 꽂히면 확 퍼진다.
순식간에 내 마음 물들인 거다.
의미는 시간에 비례하지 않았다.
……
나는 그분의 사랑을 받는 자다.
그래서 내 인생은 의미가 있다.

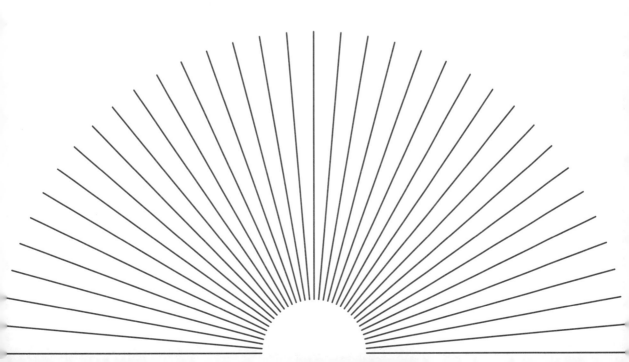

*

저에게 당신은 무엇입니까? … 당신께 제가 무엇이길래 당신을 사랑하
라고 명하시고 그리하지 않으면 제게 진노하고 커다란 비참으로 벌하
겠다고 경고하기까지 하시나이까?

*Quid mihi es? … Quid tibi sum ipse, ut amari te iubeas
a me et, nisi faciam, irascaris mihi et mineris ingentes
miserias?*

아우구스티누스, 《고백록*Confessiones*》, 1.5.5

열아홉 살.
인생을 끝내고자 했다.
하지만 뜻대로 안 됐다.

스물한 살.
기독교에 귀의했다.
잠시 마음에 안정을 찾았으나 행복하지 않았다.
신앙을 가지면 모든 게 잘될 줄 알았다.
세상을 이처럼 사랑하신다기에.
교회에 다니면 인생의 외로움이 끝날 줄 알았다.
모두 형제자매라기에.
하지만 아무도 내 인생의 무게까지 떠맡아 주진 않았다.
그때는 몰랐다.

나중에 알았다.
논둑에서 인생의 방향을 바꾼 것,
그게 알 수 없는 나 자신에게로 돌이킨 거라는 걸.
그때는 실존주의자들의 책을 읽는 게 구원의 길이었다.
어쨌든 난 살아가야 했기 때문이다.

먹구름처럼 흐릿하던 질문들.
햇살 아래 짙푸른 접시 위 코코넛 젤리처럼 또렷해졌다.
그때 실존주의자들의 글에서 받은 인상이었다.

내 마음을 사로잡았다.
배운 건 딱 하나였다.

인간은 절대적으로 자유롭다.
그래서 무섭도록 외롭다.
아무도 없이 외로운 존재로 살아가야 한단다.
자유롭게 되도록 일종의 저주를 받았단다.
세계 전체의 무게를 두 어깨에 지고 있단다.°
근원도 없이 던져졌단다. 꼭 필요해서 태어난 게 아니란다.
그래서 여분의 존재l'être summéraire란다.°°

떨어진 꽃잎처럼, 흩어질 낙엽같이 태어났단다.
가엾은 어머니 왜 날 낳으셨냐고 물어봐야 소용없단다.°°°
그저 말한다. 그런 현실을 용감하게 받아들여라!

집 현관에 들어선다.
작은 강아지가 달려온다. 코코.
반가워서 짖고 구르고 매달린다. 하루에도 몇 번씩.
태어난 지 한 달 좀 지났을 때 데려왔다.
그 애는 엄마 아빠도 없다.
형제도 태어난 집도 기억 못한다.
그냥 지금 만난 가족이 좋단다.
외롭지 않은가 보다. 진정한 실존주의자?

난 그 가르침에 열광했다.
그런데 끝까지 그걸 따라 살 용기가 없었다.
자유의 대가代價가 외로움이란다.
외로움을 받아들였지만 자유가 없었다.
허망한 가르침에 핍절하던 내 영혼.
아아, 생각하면 심장을 굵은 사포로 문지르는 것 같다.

      °   유명한 문장이라서 직접 번역해보았다. "…인간은 자유
롭게 되도록 (일종의) 저주를 받아서 세계 전체의 무게를
그의 두 어깨 위에 짊어지고 있으니, 그는 존재의 방식으
로 세계와 자신에 대해서 책임을 지고 있다"(…l'homme,
étant condamné à être libre, porte le poids du monde
entier sur ses épaules: il est responsable du monde
et de lui-même en tant que manière d'être). Jean
Paul Sartre, *L'Être et le Néant: Essai d'ontologie
phénoménologique*(Paris: Gallimard, 1943). 612.

    °°   사르트르는 신이 없음을 철학의 출발점으로 삼는다. 세계는
필연성 없이 그냥 있는 것이니 인간도 그러하다는 것이다.
이는 모든 존재의 무근거성을 뜻한다. 변광배, 《존재와 무:
자유를 향한 실존적 탐색》(파주: 살림출판사, 2015), 121.

  °°°   이탈리아 싱어송라이터인 루초 달라Lucio Dalla 작사·작곡·
노래. 〈1943년 3월 4일생〉(4 Marzo 1943, 1971). '가엾은
어머니 왜 나를 낳으셨나요'는 이용복의 번안곡 가사다.

굳게 다문 입술.
눈물을 술로 삼던 시절.
안주는 말라비틀어진 고독이었다.
그들이 말한 자유는 없었다. 내겐 그랬다.
사는 의미를 찾을 수 없어서 죽는 길을 택했다.
나와 살아 있는 것과의 거리가
죽은 것과의 거리보다 아득히 멀었기에.

살아갈 힘이 없는 자에게는,
남들 그리운 생명은 슬픔이 된다.
살아 있는 의미를 찾지 못함은
죽지 못한 나의 슬픔이었다.

단장斷腸의 슬픔.
이런 삶이 언제까지 계속돼야 하나?
슬픈 마음은 사랑에 목말랐다.
어디서 오는지도 모를 사랑에.
하지만 나도 날 사랑할 줄 모르는데
어디서 그 사랑을 찾을 수 있었겠는가?
계절은 어김없이 오고 갔다.

유리조각 가득 박아놓은 담장.
그 위를 맨발로 걷고 있었다.

아슬아슬 양팔 벌려 균형 잡으며.

삶과 죽음의 사잇길.

한 걸음 한 걸음.

발아래 피 흐르고 살 베어져도 시간은 느리게 흘러갔다.

나는 혼자다.

줄리엣도 없건만 목마른 슬픔이 내 피를 마신다.°

비웃듯 흐르는 시간의 강물은 소리도 없었다.

기다리는 이도 없이

초조함에 손톱을 물어뜯는 습관도 그때 생겼다.

° "And trust me, love, in my eye so do you: Dry sorrow drinks our blood. Adieu! adieu!"(나를 믿어주오. 사랑해주오. 내 눈에는 그대가 그러는 것 같구려. 목마른 슬픔이 우리의 피를 마시는구나. 안녕, 안녕!). 〈로미오와 줄리엣〉 3막 5장에 나오는 로미오의 대사다. '목마른 슬픔'(dry sorrow)은 당시 격언에 나오는 '슬픔의 목마름'(sorrow's dry)을 암시한 것이다. 슬픔은 피를 소비해 결국 생명을 단축시킨다는 것이다. William Shakspeare, *Romeo and Juliet*, *The Plays of William Shakspeare*, vol. 21(Basil: J. J. Tourneisen, 1802), 167.

난 살고 싶었다.
부귀영화는 꿈도 꾸지 않았고 출세에도 큰 뜻이 없었다.
골목길 전파상 스피커에서 양희은의 노래가 흘렀다.

내 님의 사랑은 철 따라 흘러간다.
푸른 물결 흰 파도 곱게 물든 저녁노을.
사랑하는 그대여 내 품에 돌아오라.
그대 없는 세상 난 누굴 위해 사나.°

내겐 그 흔해 빠진 사랑하는 그대도 없었다.

젊음. 가혹한 인생의 밤이다.
하기야 어디 젊은이들뿐이랴?
이 낯선 인생의 무게가 뉘 어깨를 가리겠는가?
미친 바람과 성난 파도Strum und Drang 지나가길 기다린다고?

노년이 평안함을 준다는 건 거짓말.
아이가 순수한 것도 아니고 노인이 평온한 것도 아니란다.
시몬 드 보부아르. 자기가 살아봐서 안단다.°°
늙은이에겐 정신줄 놓게 할 쾌락이라는 환각제도 없다.
세월은 흘러가도 풀지 않은 인생 숙제,
그것만이 그대로 남아 있을 뿐.

저에게 당신은 무엇입니까?
제가 무엇이길래 당신을 사랑하라고 명하십니까?

나 방황하던 그 시절에 이 뜻을 알았더라면.
그러다가 혼자 되뇌인다. 그땐 못 알아들었을걸.
무엇을 알아서 인생이 바뀐다고? 누가 그러든?
모르던 걸 알게 돼서가 아니다.
이미 기억에 있는 걸 상기해서다.
의미를 새삼 느꼈을 뿐이다. 내겐 그랬다.

기독교에 귀의했으나
진리는 느리게 다가왔다. 가혹하리만치.

°   이주원 작사·작곡, 〈내 님의 사랑은〉(1974). 양희은 노래.

°° "인간은 말년을, 그를 괴롭히는 모든 갈등이 해결되는 시기
    로 간주하고자 했다. 그것은 한편으로는 편리한 환상이다.
    … 우리로 하여금 노인들은 행복하다고 생각하게 하여 그들
    을 자신의 운명에 내맡겨버리도록 하기 때문이다. 사실 불안
    은 노인의 마음을 갉아먹는다." 시몬 드 보부아르, 《노년: 나
    이듦의 의미와 그 위대함》, 홍상희, 박혜영 역(서울: 책세상,
    2007), 678.

너무 느리게 와서 기다림에 아팠고,
막상 다가왔을 땐 쓰라림에 놀랐다.
병든 몸. 의사 오길 기다리면서도,
막상 치료할 땐 아픔에 자지러지는 듯이.

동네 내과 병실. 새하얀 천장.
지루하게 매달린 형광등 불빛에 눈이 부시다.
푹! 주삿바늘을 찌른다.
매달린 병 속 노란색 액체. 핏줄을 타고 들어간다.
하나, 둘, 셋, 넷, 다섯 … 열도 못 셌다.
낯선 약기운이 온몸에 퍼진다.
나른하다. 죽음 같은 깊은 잠으로 떨어진다.

진리라는 게 그랬다.
지루하리만치 느리게 다가와도
일단 마음에 꽂히면 확 퍼진다.
내가 찾은 게 아니라 진리가 날 발견한 거다.
순식간에 내 마음 물들인 거다.
의미는 시간에 비례하지 않았다.

저에게 당신은 무엇입니까?
제가 무엇이길래 당신을 사랑하라고 명하십니까?

이 짧은 문장.

내 혈관에 꽂힌 주삿바늘이었다.

맞아보지 못했을 리 없는 수액처럼 들어왔다.

모르는 것이 모르는 게 아니었듯이,

아는 것도 아는 게 아니었다.

구스타프 말러의 교향곡 제5번 4악장 아다지에토를 들을 때

외로웠던 이유를 알았다.°

비틀즈. 노르웨이 숲에서

와타나베는 늘 사랑하면서도

왜 혼자였는지 알았다.°°

왜 그토록 내가 내게 낯설었는지도.

아아, 이 무슨 낯섦인가!

°   구스타프 말러Gustav Mahler 작곡, 〈교향곡 제5번 4악장〉
(Symphony No. 5, Adagietto, 1902). 베를린 필하모닉
Berliner Philharmoniker 연주.

°°   무라카미 하루키, 《노르웨이의 숲》, 양억관 역(서울: 민음사,
2018).

스물한 살의 초가을.
나는 일곱 해의 흉년 같은 방황을 끝냈다.
스스로 기독교에 귀의했다.
신자가 됐으니 어찌 내가 누구인지 몰랐을까?
긴 세월이 흘러갔다.

어느 해, 가을날이었다.
한 문장의 의미를 파고들었다. 여러 달이 흘렀다.
토마스 엘리엇이 그랬다. 경험했으나 의미를 잃었다.
의미를 파고들었더니 경험이 살아났다고.°
놀랍다! 날 두고 한 말이었네.

아우구스티누스가 부둣가에서 손을 흔든다.
나 혼자 떠나는 여행이었다.
작별하는데 조금도 날 염려하는 기색이 없다.
이 문장은 그때 그가 날 위해 흔들어주던 하얀 손수건이었다.
헤어지자 보내온 편지 속에 곱게 접어 함께 부친
그 손수건이 아니었다.°°

진리가 밤하늘의 별이란다.
그걸 보며 나만의 항해를 하란다.
빨리 가라고 손짓한다.
어서 가! 어서 가!

푸른 바다. 파도가 거세다.

나는 뒤집힐 듯한 쪽배에 서 있다. 한쪽 난간을 붙든다.

막돼먹은 파도는 배 왼쪽 볼따귀를 때리고,

포물선 그리며 넘어가

반대편 뺨에 침 뱉듯 물보라를 뿌린다.

물거품과 함께 바닷물 쏟아져 들어온다.

파도 한 번에 목숨이 오락가락.

그때, 앗! 저 멀리 군함이 온다.

배를 갈아탄다. 갑판에 선다.

비로소 바다가 보인다. 아까는 파도밖에 뵈는 게 없었는데.

○ "We had the experience but missed the meaning, / And approach to the meaning restores the experience···" T. S. Eliot, "The Dry Salvages", *Four Quartets*(Boston: Houghton Miffin Harcourt, 2014), 39. T. S. 엘리엇, 〈드라이 샐베이지스〉, 《사중주 네 편: T. S. 엘리엇의 장시와 한 편의 희곡》, 윤혜준 역(서울: 문학과지성사, 2019), 115.

○○ 니콜라오스 그카트소스Nikolaos Gatsos 작사, 마노스 카트지다키스Manos Hadjidakis 작곡, 〈하얀 손수건〉(Me T'aspro Mou Mantili, 1967). 나나 무스쿠리가 부른 이 노래를 번안하여 트윈폴리오가 노래함(1969).

이 문장을 만날 때 내가 그랬다.
내가 무엇인지 규정해주었다.

홀로 있는 내가 아니었다.
끝없는 우주 속. 나는 만물과 함께 있었고
만물은 그분 안에 있었다.

티끌 같으나 결코 우주의 일부분이 아닌 나.
사람과 섞여 사나 인류의 부속품이 아닌 나.
나 없이는 세계의 의미가 결정되지 않을 나.

그런데 나를 위해 자기를 사랑해달라는
나는 어디 있단 말인가?
아아, 도대체 난 누구인가?

★

당신께 제가 무엇이길래
당신을 사랑하라고 명하시나이까?

이 문장은 산문이 아니다.
아우구스티누스가 즐겨 쓰던 그림 언어다.

불쌍한 한 사람. 혼나고 있다.
화나신 하나님.
이놈! 네가 진정 나를 사랑하지 아니하였다는 말이냐?
죄인은 두려워 떤다. 무서워서 고개도 못 든다.
그러나 그분을 사랑할 마음은 없다.

이게 무슨 그림인가?
난 그때 아우구스티누스와 사랑에 빠져 있었다.
행복에 관한 그의 가르침이 보드라웠다.

그의 말은 날아온 화살.
그는 지성의 시위에 화살을 메긴다.
왼쪽 눈을 지그시 감고, 내 심장을 겨눈다.
사랑의 팔로 힘껏 당긴다. 쏜다. 푸슈욱!
내 가슴에 꽂힌다.
진리의 수액이 온몸에 퍼진다.

큐피드. 그에게 육욕肉慾의 사랑을 줬다.
미친 듯 사랑했으나 불행했다.
사랑하는 이와 하나되려다 외롭게 버려졌단다.
행복해지려고 그런 건데.
하지만 그런 사랑엔 자기가 없었다.
참된 자기가 아니었기에 사랑해도 외로웠던 거다.

변명하고 싶었을 게다. 고대 그리스 시인 레오니다스처럼.
사랑을 잘못한 건 자기가 아니라고.
단지 그 빌어먹을 사랑의 여신이 쏜 화살 때문이었다고.°

그랬던 그가 또 다른 궁수 되어 날 겨눴다.
감은 한쪽 눈. 시위. 화살. 발사!
쉬익! 허공을 가르는 바람 소리.
화살은 내 심장에 꽂혔다.
삿되지 않은 순결한 사랑을 주었다.

<hr />

° "사랑을 잘못한 것은 내가 아니라오. …아프로디테가 불화
살 하나씩 나를 향해 쐈고 단 한순간도 불길이 사위지 않았
다오. 신神은 날아(도망)가 버렸는데, 이제 죽어야 할 존재인
내가 그 과오에 대해 자신에게 벌을 내려야 하오. 내가 그런
자신을 변호하는 게 무슨 큰 잘못이라도 된단 말이오?"
(Οὐκ ἀδικέω τὸν Ἔρωτα. …θερμὸν δ' ἐπὶ θερμῷ
ἰάλλει ἄτρακτον, λωφᾷ δ' οὐδ' ὅσον ἰοβολῶν.
χὠ θνητὸς τὸν ἀλιτρὸν ἐγώ, κεἰ πτηνὸς ὁ δαίμων,
τίσομαι· ἐγκλήμων δ' ἔσσομ' ἀλεξόμενος).
Leonidas of Tarentum, "Greek Anthology" (5.188),
The Loeb Classical Library, vol 67, trans. W. R.
Paton (Massachusetts: Harvard University Press,
1993), 220-221.

시퍼런 칼날을 내리친다. 물건이 베어진다.
그렇게 몇 가지 질문이 마음을 베었다.
이것은 이것으로 저것은 저것으로 조각나 떨어졌다.
질문이 새끼를 친다.

가장 높으신 분이 외로우신가?
인간에게 사랑받지 못해 부족하신가?
무엇 때문에 당신 사랑하라고 협박까지 하시나?

반항하는 질문이 아니었다.
정답은 알고 있지만 짝이나 맞춰보자는 뜻에서였다.
사랑하는 사람. 뜨겁게 끌어안은 후 얼굴 서로 마주보듯이.
묻는 이는 내 이성이었고 들은 자도 내 마음이었다.
사랑스런 진리의 얼굴을 보자는 거였다.

인간의 사랑이 필요하다고? 하나님 아니다.
그러면 무언가 모자람이 있는 것이니 말이다.
사랑이 필요치 않다고? 하나님 아니다.
그건 쓸데없는 걸 갖자고 하는 거니 말이다.

스스로 부족한 게 없는 분이어야 한다.
그런데 왜 인간의 사랑을 요구하는 걸까?
도대체 무엇 때문에 당신 사랑하라 명령하고,

그러지 않으면 비참한 형벌을 내리겠다고 경고까지 하는 걸까?

집착증이라도 있나?

왜 질투하기까지 당신만 사랑하래나?°

옹졸하게 자기 사랑하지 않으면 벌받을 거라고까지 하면서.

결론은 이거다.

그분에겐 우리의 사랑이 필요 없다.

그럼 왜 그러는 것일까?

아우구스티누스는 가르쳐주었다.

다 우릴 위해서라고.

<hr />

° "너는 다른 신에게 절하지 말라 여호와는 질투라 이름하는
질투의 하나님임이니라"(כִּי לֹא תִשְׁתַּחֲוֶה לְאֵל אַחֵר כִּי יְהוָה קַנָּא שְׁמוֹ
אֵל קַנָּא הוּא:)(출애굽기 34장 14절). '질투'(קַנָּא)라는 표현은 인
간의 이해를 돕기 위한 것인데, 하나님이 인간에게 독점적 사
랑을 요구하신다는 뜻이다. 이로써 인간의 모든 사랑은 하나
의 사랑, 곧 하나님 사랑으로 통합된다.

그 높으신 분을 사랑함으로만
우리가 행복에 이를 수 있기에 그런 거라고.°

그해 가을.
이 문장을 읽고 또 읽었다. 문장은 음성이 되었다.
길을 걸을 때도 사색할 때도 들려왔다.
내가 누군지 이미 알았었다.
그게 하늘로부터 내려온 밧줄이었다면
이 문장으로 깨달은 건
우주를 휘돌아 내려온 큰길이었다.
그 길로 걸어 하늘 향해 가라고.

금요일 밤마다 숲속을 찾았다.
별빛이 쏟아지는 강가를 걸었다.
사람이 얼마나 소중한 존재인지 생각했다.
지겨웠던 속박이 말할 수 없는 자유로 다가온다.
도대체 내가 그분에게 무엇인가?
내가 무엇이길래 사랑하라고 명령할까?

숲속 풀벌레 소리.
지저귀는 새 소리. 낙엽 밟는 소리.
소나무 가지 스치는 바람 소리.
오솔길로 떨어지는 달빛에 드리운 내 그림자까지….

아무것도 옛날과 같지 않다.

그것들이 변했을 리 없다.
하지만 내 마음이 변했으니 어찌 똑같을 수 있겠는가?
숲속에 교향곡이 울려 퍼진다. 내가 지휘자다!
베토벤 교향곡 제9번 〈환희의 송가〉가 울려 퍼진다.[00]

그가 말하고 싶었던 것은 이거다.

나는 그분의 사랑을 받는 자다.
그래서 내 인생은 의미가 있다.

[o] 이는 자아 말살이나 개성 소멸이 아니다. 아우구스티누스의
      이 사상을 잘 물려받아서 자기 시대에 현대화했던 사람이 장
      칼뱅Jean Calvin(1509-1564)이다. 존 스튜어트 밀John Stuart
      Mill(1806-1873)은 그의 인간관을 혹독하게 비판한다.
      그러나 칼뱅의 관심사는 참된 자유였다. 존 스튜어트 밀, 《자
      유론》, 서병훈 역(서울: 책세상, 2009), 117 참고.

[oo] 루트비히 판 베토벤Ludwig van Beethoven 작곡, 〈교향곡 제
      9번 합창〉(Symphony No. 9, Choral, 1824) 4악장 중 나
      오는 〈환희의 송가〉(Ode to Joy).

인적이 없는 산골.

드넓은 들판엔 수많은 들꽃들. 그림처럼 피어 있다.

초록색 도화지 속 수많은 색깔의 점들.

비췻빛 하늘은 푸른 벌판에 맞닿아 있고,

깃털 같은 구름은 동양화 먹물이 남겨둔 여백이다.

풀꽃 내려앉은 들판. 그래서 그토록 아름다운 걸까?

이름 모를 꽃들이라고

퉁쳐서 부르는 동안에는

어떤 꽃도 없다.

날 불러줘! 자기 손을 잡아달란다. 절 안아달란다.°

내가 그중 하나의 이름을 불러준다.

그 꽃. 풀밭에서 뛰어 올라와 내 품에 안긴다.

그 꽃을 끌어안은 건 나의 좋아함이고,

내 품에 안긴 건 그 꽃의 기억이다.

° 　이기, 용배 작사·작곡, 〈내 이름을 불러줘〉(Say my name, 2016). 여자친구 노래.

그래서 그 꽃 시들어 사라져도
그 이름을 들을 때 내 마음속에선 살아 있는 꽃이 된다.
나 어렸을 때 그랬으니 지금도 그렇고
죽을 때까지 그러하리라.
그러지 못한다면 차라리 죽는 것이 낫지 않겠는가?°
가장 높으신 그분이 말씀하신다.
나는 이름으로도 너를 안단다.°°

큰 감격과 희열로 가슴이 뛴다.
날 이름으로 불러줄 때,
내가 그렇게 소중한 존재라는 걸 처음 알았다.
사랑을 받음으로 내 인생 의미 있게 됐다.

°   일명 〈무지개The Rainbow〉로 알려진 윌리엄 워즈워스William
    Wordsworth(1770-1850)의 시에 나오는 구절이다.
    "…So be it when I shall grow old, / Or let me die!…"
    William Wordsworth, "My Heart Leaps Up When I
    Behold", *The Collected Poems of William Words-
    worth*(Ware: Wordsworth Editions Ltd., 1994), 79.
°° "… 말씀하시기를 나는 이름으로도 너를 알고 너도 내 앞에
    은총을 입었다 하셨사온즉"(출애굽기 33장 12절).

그 사랑 때문에.

가장 높으신 그분이 내 이름을 불러주기 전까지,
난 그저 인류였다.
헤겔에겐 세계의 일부였고,
세계는 절대자의 자기 전개란다.
유물론자에겐 물질이었고,
내 정신과 의식은 그것의 반영이란다.
그럼 난 어디 있었나?

사람으로 태어난 게, 사랑을 받은 게 감격스럽다.

밤하늘을 바라본다.
숲속을 지나 호숫가를 걷는다.
하늘 끝으로 이어지는 길이 있다면 한없이 걷고 싶다.
나를 있는 나로 사랑해준
유일하신 그분께 다다르기까지.
내가 떠나온 지구가 깜빡이는 점이 될 때까지….

밤바람이 풀잎을 스칠 때
호수에는 달 그림자 길다.

3

*

생각이 가벼울 때 인생은 무겁다

*

찌지직, 번쩍!
한 문장 번개 되어 내리칠 때,
그 빛 태곳적 어둔 마음을 가로지른다.
순간의 섬광. 영원한 잔상을 남긴다.
이 문장이 내겐 그랬다.
참된 철학자는 하나님을 사랑하는 사람이다.
……
알기에서 사랑하기까지. 머리에서 가슴까지의 거리다.
때론 우주의 이 끝에서 저 끝보다 멀다.

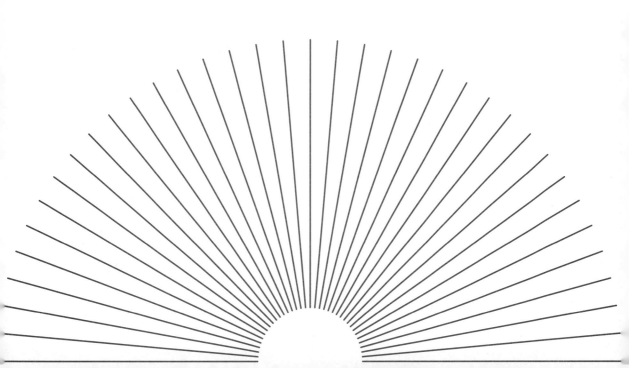

★

만일 지혜가 바로 하나님이시라면…
진정한 철학자는 하나님을 사랑하는 사람이다.

…si sapientia Deus est,
…uerus philosophus est amator Dei

아우구스티누스,《신국론*De Civitate Dei*》, 8.1

수평선이 붉게 물든다.
아직 도망가지 못한 어둠.
죽은 독수리의 늘어진 날개 같다.
새들이 모인다. 선창가 부두에 새까맣게 날아든다.
간밤에 내다 버린 생선 내장 먹으러 오나 보다.
서로 먹겠다고 싸운다. 어떤 새들은 머릴 쪼여 피가 흐른다.

갈매기 한 마리.
고독한 새는 그게 싫었다. 홀로 떨어져 있다.
그리운 건 자유였다. 하늘을 훨훨 나는 거 말이다.

그에게 살아 있는 건 곧 하늘을 나는 거였다.
날기 위해 태어났고 그걸 사랑하기에 행복했다.
한 시인도 젊은 새의 꿈은 항상 낢에 있다고 하지 않았나?°

°   "…혹시는 슬퍼도 하리라 / 혹시는 울기도 하리라 / 그러나
    젊은 새의 꿈은 항상 날음에 있나니" 김광섭, 〈청춘〉, 《김광섭
    시전집》(서울: 일지사, 1974), 71-72.

끼룩 끼룩 끼룩.

나는 조나단 리빙스턴 시걸이다.

고등학교 때 감명 깊게 읽었던 책이다.

리처드 바크의 《갈매기의 꿈》.°

명문名文은 우주의 별과 같다.

별은 아무 데서나 태어나지 않는다.

우주에는 별들이 태어나는 알집 같은 데가 따로 있다.

조상 별들이 죽은 곳이다.

별은 거대한 폭발과 함께 생을 마감한다.

그 잔해인 별 먼지들이 뭉쳐진다.

그러다가 핵융합 반응이 일어난다.

어느 순간 큰 폭발이 일어난다.°° 쾅!

새로운 스타new star 탄생이다.

° 리처드 바크, 《갈매기의 꿈》, 류시화 역 (서울: 현문미디어,
   2003). 이 책에서는 갈매기 조나단 리빙스턴이 주인공이다.
   그의 눈으로 새들의 무의미한 일상과 비상의 자유를 대조한다.

°° 데이비드 밀스, 《우주에는 신이 없다》, 권혁 역 (서울: 돋을새
   김, 2010), 131-132.

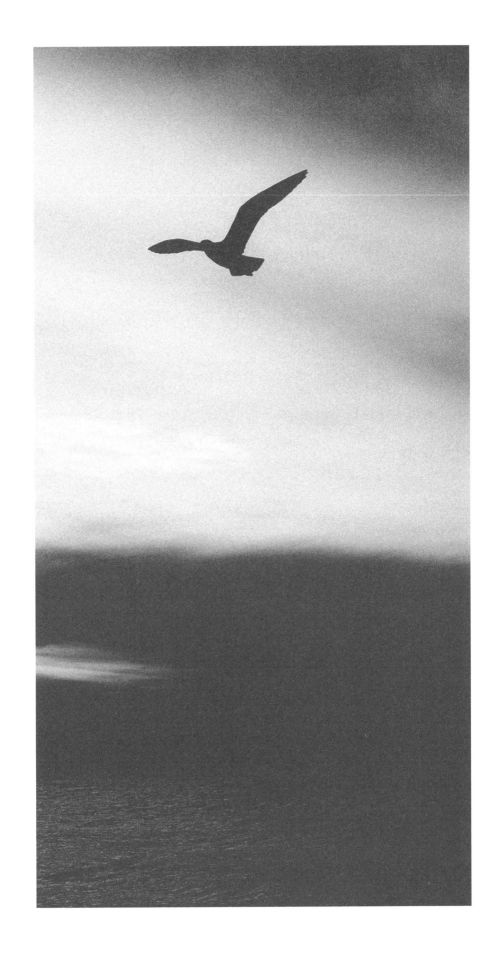

폭발로 죽은 별의 먼지가 모여
또 다른 폭발이 일어나고
그래서 새 별이 태어난다니.
우연일 리가 없다.

심금 울리는 명문의 조건.
하나. 긴 세월 가혹하리만치 치열했던 작가의 고뇌다.
둘. 그걸 마음으로 읽어줄 사람이다.
이 둘이 마주칠 때 명문과의 만남은 운명이 된다.

조선시대 어느 선비가 말한다. 그게 산 글이란다.
글자마다 구절마다 한결같이 그 정신 물결쳐야 한단다.
진부한 건 죽은 글이란다.°

°   이덕무, 〈산 글과 죽은 글〉, 《이덕무 선집: 깨끗한 매미처럼
    향기로운 귤처럼》, 강국주 편역(파주: 돌베개, 2011), 102.
    청장관 이덕무(靑莊館 李德懋, 1741-1793)는 조선 후기의
    선비, 실학자다. 그의 전작은 《청장관전서靑莊館全書》, 민족
    문화추진회 역(서울: 민족문화문고간행회)로 출간되었다.

콩, 꽈광! 긴 제방 저 끝에서 총을 쏜다.
푸드득! 놀란 새들 소리지르며 날아간다.
이 문장은 총소리였다.
선창가를 서성이던 내 정신에 울렸다.
날아라! 날아라!
너의 자유는 비상飛翔이다.

철학.
기독교에 귀의한 내겐 액세서리였다.
젠체하는 사람들의 것.
그런 사람 만나도 기죽지 않았다.
꼭 저만큼은 안다는 마음에서가 아니었다.
신자가 됐으니 내겐 필요 없다는 뜻에서였다.

내 생각이 틀렸다.
그 철학은 이 철학이 아니었기 때문이다.
아우구스티누스의 일생 과제는 하나였다.
그분을 찾아가는 것.
그 치열한 염원이 담긴 3부작.
《고백록》은 자기 인생을 통해서,
《삼위일체》는 인간 지성 안에서,
《신국론》은 세상 역사 속에서
하나님을 찾아간 발자국이다.

찌지직, 번쩍!
섬광이 밤하늘을 가로지른다.

잠시 후 천둥이 친다. 지축을 흔든다.
우르르꽈, 꽝!

한 문장 번개 되어 내리칠 때,
그 빛 태곳적 어둔 마음을 가로지른다.
순간의 섬광. 영원한 잔상을 남긴다.
이 문장이 내겐 그랬다.

진정한 철학자는 하나님을 사랑하는 사람이다.

번뇌煩惱로 고통의 터널을 지나던 때였다.
걸어온 길 뒤돌아보았다.
열네 살. 마음으로는 다니지 않던 교회를 떠났다.
스물한 살. 기독교에 귀의했다.
스물여섯 살. 목회자로 부름받았다.
서른네 살. 하나님의 영광을 봤다.

열심히 살았다. 때론 넘어지고 때론 일어나면서.
그런데? 그래서?

훨훨 날아가고 싶었다.
하지만 쇠줄이 채워져 있었다.
마음의 날개를 단단히 붙들고 있었다.

날고자 하는 건 나, 날지 못하게 하는 것도 나였으니
내가 누굴 떠나 날아간단 말인가?
또 손톱을 물어뜯는다.

파스칼이 그랬단다.
무한한 우주의 영원한 침묵에 두렵다고.
거기서 너 자신의 위로를 기대하지 말라고.
도리어 자기에게 아무것도 기대하지 않음으로써 얻게 될
위로를 기대하란다.°

°   "이 무한한 우주의 영원한 침묵은 나를 두렵게 한다(The
    eternal silence of these infinite spaces terrifies me).
    위로를 받으라. 그러나 그것은 그대가 기대하듯이 자신으로
    부터 오는 것이 아니다. 오히려 정반대로 마땅히 기대했을 자
    신으로부터는 아무것도 받지 못할 것이라는 믿음에 의해서
    온다." Blaise Pascal, *Pensées and Other Writings*, trans.
    Honor Levi(Oxford: Oxford University Press, 1999), 73.

아아, 내 영혼. 날아오를 큰 자유는 없는가?
내 널 일깨워 하늘 향해 날라고 해야 했건만,
나 네게 쇠줄이 되었구나!

알기에서 사랑하기까지. 머리에서 가슴까지의 거리다.
때론 우주 이 끝에서 저 끝보다 멀다.

마음이 번잡할 땐 예배당을 찾았다.
나와 영혼의 분열. 마음은 찢어진 듯했다.
나이면서도 나 아닌 낯선 영혼.
그런 내가 영혼에겐 얼마나 낯설었을까?
슬픈 사람에게 외로움은 자고 싶은 사람에게 베개와 같다.
그래서 외롭길 바랐다.

홀로 글쓰는 밤.
그때 기억으로 길고 긴 한숨 내쉰다.
다 지나간 일인데 신음이 들린다. 손톱 물어뜯던 소리까지.
아아, 외로웠던 영혼이여!
실라 라이언의 〈저녁 종소리〉에 눈물이 흐른다.°

난 그렇게 살 순 없었다.
새로운 자유를 달라고 빌었다.
그때 이 문장을 만난 거다. 기도에 대한 응답이었을까?

가만히 있는 밤하늘. 우주.
파스칼은 그게 왜 그리 두려웠을까?
진자앙陳子昻은 무엇 때문에 흐느끼면서 유주대幽州臺를
내려왔을까? 그리운 사람도 없으면서.
천지의 끝없음을 보기 전엔 외롭지 않았다는 건가?ᵒᵒ

이 문장이 답해주었다.
철학하는 건 사랑하는 거라고.
사건은 땅에서 일어나지만 의미는 하늘에 있다.
의미를 찾을 수 없으니
그 우주 무한해서 두렵고 침묵해서 무서운 거다.

ᵒ   토머스 무어Thomas Moore 작시, 아일랜드 민요, 〈저녁 종소리〉
     (The Evening Bell, 1998). 실라 라이언Sheila Ryan 노래.

ᵒᵒ   "前不見古人, 後不見來者. 念天地之悠悠, 獨愴然而涕下."
     여러 번역이 있는데 조금씩 달라 직접 번역해보았다. "앞에
     서 옛 사람을 볼 수 없고 뒤에서 오는 사람을 볼 수 없도다. 천
     지의 끝없음을 생각하니 홀로 외로워져 눈물이 흐르는도다."
     진자앙陳子昻, 〈등유주대가登幽州臺歌〉, 《당시선唐詩選》, 김
     학주 역저(서울: 명문당, 2011), 46을 참고할 것.

하지만 뜻을 찾고 나면
무한해서 아름답고 침묵해서 편안하다.

철학은 묻는 거다.
어떤 의미에서, 무엇부터 말하고자 하는지를
집요하게 묻는 학문이란다.°
감각을 뛰어넘어 의미를 찾고자 하는 거니 그리 불릴 만하다.

$$L = \frac{L'}{\sqrt{1 - \frac{V^2}{C^2}}} \qquad T = \frac{T'}{\sqrt{1 - \frac{V^2}{C^2}}}$$

일반상대성이론에 나오는 공식이란다.°°
운동하는 물체.
빛보다 빠르면 거리와 시간 모두 허수虛數가 된단다. 그래서?
빛보다 빠른 물체는 존재할 수 없단다. 어쩌라고?
아아, 그게 지금 나와 무슨 상관이 있나?
그런다고 내가 없어지는가?
난 지금 여기 있는데 어떻게 살아야 하는가?

묻는 건 철학이 해도, 답은 사랑을 통해서 듣는다.
정신을 풀어주란다.
가장 높으신 분을 사랑하여, 정신을 상승하게 하란다.
거기서 그 사랑으로 다시 하강하게 하란다.

땅의 일에 몰두해 잊고 있던 진리로 다시 돌아간다.

후우, 헉헉!

나무들 빼곡한 숲길을 걷는다.

오르고 또 오른다. 등이 땀으로 젖는다.

악산惡山이어서 난 못 올라갈 거란다. 오기가 난다.

놀러 나가려고 빨리 숙제하는 아이처럼 산을 오른다.

    °   "철학은 어떤 의미에서 스스로 무엇부터 말하고자 하는지를 제일 집요하게 묻는 학문 중 하나라고 할 수 있다." 와시다 기요카즈, 《철학을 사용하는 법》, 김진희 역(서울: 에이케이커뮤니케이션즈, 2017), 120.

   °°   우주의 서로 다른 계界에서 빛보다 속도가 빠르게 되면 길이와 시간 등이 모두 허수虛數가 된다. 수학적으로 허수란 실제로 존재하지 않는 수다. 따라서 빛보다 빠른 속도란 존재할 수 없다. 우주의 두 지점 간의 실제 거리와 시간, 그리고 이동 중에 느끼는 시간과 거리를 구하는 일반상대성이론의 로런츠 변환Lorentz transformation의 공식 $L = \dfrac{L'}{\sqrt{1 - \frac{v^2}{c^2}}}$ 와 $T = \dfrac{T'}{\sqrt{1 - \frac{v^2}{c^2}}}$ 에서, v는 어떤 계의 움직임, T는 실제 시간, T′는 다른 계에서 느끼는 시간, L은 실제 거리, L′는 다른 계에서 느끼는 거리, c는 빛의 속도, v는 물체의 운동속도다. 여기서 v가 c보다 크면, T, L 모두 허수가 된다. 이는 빛보다 빠르게 이동하는 물체에서는 물체 사이의 거리나 시간 등이 모두 예측할 수 없는 상태가 된다는 것이다. James J. Callahan, *The Geometry of Spacetime*(Northamptom: Springer, 2000), 38, 46; Ray d'Inverno, *Introducing Einstein's Relativity*(Oxford: Clarendon Press, 2004), 25-26, 31.

숲 새로 탁 트인 공간이 나타난다. 와, 정상이다!

펼쳐지는 발아래 산해만리山海萬里.
우리 다 맺힌 원한 풀릴 때까지 보이지 말라고 하지 마라.°
이렇게 아름다운데. 눈물 나게 예쁘구먼.
세상을 산다는 건 산 아래 있는 거다.
지혜를 사랑한다는 건 산을 오르는 거다.

더 높은 사랑을 알았다.
볼 수 없었던 것들이 보인다.
아아, 나 아닌 것들이 나인 듯 행세하는구나.
정작 나는 내 마음 한구석에 밀려난 채로.

처량한 마음에 눈을 감는다.
옛날엔 몰라서 그랬다. 지금은 알아도 그런다.
알고도 사랑하지 않는 고통은
몰라서 그러는 것과 다르지 않다.
핑곗거리 찾지 못하는 양심은 문밖에서 두 손 들고 벌을 선다.

괴로운 날엔 혼자 있고 싶었다.
홀로 있어 덜 괴로운 건 아니었다.
그냥 생각이라도 정리하고 싶어서였다.

78

나는 이름이 없었다.

인간. 생물학적 분류로만 스물세 번째란다.

학명으로는 호모 사피엔스Homo sapiens.°° 난 그 밑이다.

나의 존재는

황톳빛 벌판의 진흙 한 줌이었다.

그분이 내 이름 불러주었을 때 비로소 내가 되었다.

사랑받음으로 내 인생의 의미가 주어졌다.

다시 마음에 새긴다.

그해 여름.

하늘에는 비가 내리고 내 마음엔 눈물이 흘렀다.

° 한상억 작사, 최영섭 작곡, 〈그리운 금강산〉(1962). 플라시
도 도밍고Placido Domingo 노래.

°° 분류학에 따른 인간의 생물학적 분류는 다음과 같다.
"진핵생물역-동물계-진정후생동물아계-후구동물상문-척
삭동물문-척추동물아문-유악하문-사지상강-포유강-수아
강-진수하강-영장상목-영장목-직비원아목-원숭이하목-
협비원소목-사람상과-사람과-사람아과-사람족-사람아
족-사람속-사람종[학명: Homo sapiens]." 위키백과,
s.v. "사람", 2020년 10월 16일, https://ko.wikipedia.
org/wiki/%EC%82%AC%EB%9E%8C

시간은 가고 계절은 바뀌었다.
내 눈물이 마를 때쯤, 가을은 가고 겨울이 찾아왔다.

많은 책을 읽었다.
그런데 그걸 쓴 사람이 천재라고 생각한 적은 없었다.
아주 가끔 뛰어나다고 생각한 적이 있을 뿐이다.
아우구스티누스의 책 두 권을 읽었다.
위대한 지성 앞에서 무릎을 꿇었다.
그건 사랑으로 진리를 탐구하는 지성이었다.
내가 그를 아리스토텔레스, 플로티노스
심지어 플라톤보다 더 높인 것도 이 때문이었다.
아아, 위대한 지성, 드높은 사랑이여!

그는 방황했다.
젊은 시절. 들까부르던 욕정 때문에 길을 잃었다.
진리를 찾을 땐 발견할 수 없어 방황했다.
쇼펜하우어의 말이 맞다.
천재가 더 많은 고뇌 속에서 산단다.°
더 똑똑했으니 바라는 것도 더 많았겠지?
지식이 많다고 행복하지 않다. 지혜를 발견하지 못한다면.
희망하는 바와 현재 있는 바 사이에서 괴로워하기에
고뇌는 끝이 없다.

지식은 시간적인 것들을 아는 거다.

지혜는 영원한 것들을 아는 거다.

종교심 있는 사람은 꽤 있다.

그러나 진리를 찾는 사람은 많지 않다.

그의 지성은 참된 지혜를 찾고자 했으나 행복하지 않았다.

사랑했으나 그 사랑이 아니었기에.

그는 철학으로 진리를 알아 평안을 얻고자 했다.

하지만 결코 얻을 수 없었다. 사랑의 하나님을 만날 때까지.

그의 생애. 진리를 찾는 사랑의 불꽃이었다.

가장 높으신 분을 연인 삼아 그리워했으니 진리였다.

사랑이 그를 탄식하게 했으니

진리를 더 많이 사랑하고 싶어서였다.

○   "또 인간에게 있어서도 인식이 명확하고 지능이 높으면 높을
    수록 점점 더 고뇌는 증대한다. 타고난 천재는 고뇌도 가장
    심하다." 쇼펜하우어, 《의지와 표상으로서의 세계》, 권기철
    역(서울: 동서문화사, 2011), 372.

참된 지혜는 하나님이시다.
그래서 참된 철학은 하나님 사랑하는 거다.°
그의 또 다른 명문이 심금을 울린다.

오, 영원한 진리여. 참된 사랑이여. 사랑스러운 영원이여.
당신이 나의 하나님이시니 나는 당신을 향해
밤낮으로 한숨짓나이다.°°

° "그래서 그는 철학을 한다는 것은 곧 하나님을 사랑한다는
것임을 의심하지 않았다. 그분의 본질은 비물질적이다.
그렇다면 지혜를 탐구하는 사람(곧 철학자)이 하나님을
향유하기 시작할 때 비로소 행복해질 수 있다는 사실은
분명하다." Augustinus, *De Civitate Dei* (8.8), in
Corpus Christianorum Series Latina, vol. 47
(Turnholti: Brepols, 1955), 225.

°° 이 문장을 라틴어로 읽으면 진짜 멋스럽다. "*O aeterna
ueritas et uera caritas et cara aeternitas! Tu es
deus meus, tibi suspiro die ac nocte.*" Augustinus,
Confessiones, 7.10.16.

★

왜앵왜애앵.

앰뷸런스가 갓길을 달린다.

몇 사람이 맛집을 가기로 했단다. 생선회를 먹기로 했단다.

서해안 저 아래. 제대로 하는 횟집으로 간단다.

고속도로에 들어섰다. 중간쯤 갔는데 정체가 심했다.

한없이 대기하다가 간신히 빠져나왔단다.

부서져 나뒹구는 차. 선명한 핏자국.

누가 말했다. 한 끼 먹자고 꼭 거길 가야 하나?

그들은 다음 톨게이트에서 차를 돌렸다.

무엇이 그들 밥맛 떨어지게 했을까?

끔찍한 사고 현장일까? 아니다.

음식에 대한 욕망을 영원永遠의 관점으로 보았기 때문이다.

죽음은 그걸 가르쳐준 거고. 그게 지혜다.

그 집 생선회가 맛있는 줄 아는 건 지식이고

죽는다는 걸 아는 게 지혜다.

자꾸 꼬인다.

우리 인생. 마음먹은 대로 전개되지 않는다.

누군가 작정하고 그런다는 느낌까지 들지 않나?

기독교에 귀의했을 때 꽃길만 걸을 줄 알았다.

철없는 전도자들이 그렇게 가르쳐주었다.

하지만 사실이 아니었다.

그건 자신들도 이루지 못한 희망이었던걸.

기쁘고 즐거운 일, 슬프고 괴로운 일. 온갖 풍상 다 겪는다.

짐승들은 그저 겪기만 한다.

그러나 인간은 설명을 듣고 싶어 한다. 그 겪음들에 대해.

모른다고? 그럼 다른 이를 통해서라도 알고 싶어 하겠지.

그럴 수 없다면 둘 중 하나다.

아무 생각 없이 살거나, 극심한 혼돈 속에 살거나.

오늘 공연은 뭘 한데?

소포클레스의 아이아스래.°

재밌겠다. 얼른 일 끝내고 가자!

이른 저녁. 삼삼오오 시라쿠사Siracusa 극장으로 향한다.°°

저녁노을 밤을 부를 때.

무대 한복판에 세워놓은 칼이 눈길을 사로잡는다.

헥토르에게 선물로 받은 거다.

주인공 아이아스는 그 칼끝에 엎어져 죽는다. 연극이 끝났다.

어둑어둑해지는 언덕을 내려온다.

이 사람 저 사람 볼에 흐르는 눈물을 닦는다.

84

저 멀리 극장의 계단 의자 보인다.

자리를 뜨지 못한 채 흐느끼는 사람들.

왜 있지도 않은 남의 이야기에 감동을 받을까?

이천육백 년 전 그리스의 풍경이다. 울긴 또 왜 울까?

햇볕 따가운 시장에 모여든다.

길 가던 사람들 여럿이 앉아 있고 더 많은 사람이 선 채로

무언가 듣는다.

앞에서 한 남자가 목청을 돋운다.

소설을 읽어준다. 신소설이다.

한 장章 읽기가 끝났다.

쭈그려 앉아서 듣던 아낙네들이 눈물을 훔친다.

팔짱 낀 채 서서 듣던 남정네들도 눈시울이 붉어진다.

◦ 소포클레스, 〈아이아스〉, 《소포클레스 비극 전집》, 천병희 역(고양: 숲, 2008), 231-292.

◦◦ 이탈리아 반도 남쪽에 있는 시칠리아섬 동쪽에 위치한 연안 도시. 지금도 고대 그리스 시대의 극장터가 남아 있다.

감동의 적막을 깨는 소리.
자자, 이제 막 나온 소설이오, 소설 사시오!
구십 년 전 한국의 풍경이다. 울긴 또 왜 울까?

시대는 달라도 똑같이 느끼는 거다.
가상假想의 연극과 지어낸 소설이다.
그런데 그것을 거울삼아 자신을 보는 거다.
가엾은 주인공 때문이 아니다.
거기에 비춰진 자신을 보며 우는 거다.

혼자서 행복하지 않은 사람.
누구랑 같이 산다고 행복해지지 않는다.
혹시 그 사람 때문에 행복해진들
그가 변치 않고 영원히 있어준다더냐?

인간은 존엄하다.
하지만 그렇게 느끼면서 살기는 쉽지 않다.
가냘픈 인간의 정신. 사라질 것에 연연한다.
한 사람 있고 없음에 뿌리째 흔들린다.
존엄 대신 비참을 느끼지 않는가?
사람 때문에 느끼는 감정.
좋으면서 무서운 게 그래서다.

높은 전망대에 선다.

저 멀리 산하를 본다. 거기서 나를 본다.

강물 흘러가도 산은 애닯지 않고,

앞산에 가려도 강은 슬프지 않다.

강과 산. 자기들은 그저 넓은 풍경의 일부분인 줄 알기에.

가고 오고, 사람은 나타났다 사라진다.

항상 있는 분을 사랑하라. 사랑하라.

그러면 그는 우뚝 선 산이다. 미련 없이 흘러가는 강이다.

진정한 철학자는 하나님을 사랑하는 사람이다.

이 문장 날 하늘로 데려간다.

사랑을 찾을수록 외롭다. 무엇 때문일까?

BTS의 〈Fake Love〉에 몸이 흔들려도 마음은 외롭다.

왜 그럴까?° 아, 그래. 그 사랑!

모조품은 땅에 있고 진품은 하늘에 있다.

° 피독, 방시혁, RM(김남준) 작사·작곡, 〈Fake Love〉(2018).
BTS(방탄소년단) 노래.

땅에 있는 것을 사용하되
사랑은 하늘을 향하게 하라.
보이는 건 시간 안에 있지만,
보이지 않는 영원 속에 사라진다.
고대 인도에서도 감각을 넘어서란다.
마음으로 마음을 건너가란다.
힘써 진리로 나아가란다.°

하나님을 사랑하는 사람이 진정한 철학자다.

아우구스티누스의 논리는 이거다.
지혜는 하나님이다.
지혜는 만물을 낳고 흘러가게 하고 소멸하게 한다.

° 이런 사상은 우파니샤드 중기 작품에 속하는 〈카타 우파니 샤드Katha Upanishad〉에도 나타난다. "감각들을 넘어서면 마음이 있고 마음을 넘어서면 진리가 있고 진리를 넘어서면 위대한 (개체) 아뜨만 그리고 그것을 넘어서면 그보다 훌륭한 아직 드러나지 않은 존재, 미현인이 있다." 이재숙 편역,《우 파니샤드 I》(파주: 한길사, 2007), 142.

그래서 지혜를 사랑하는 사람은 그분을 사랑한다.
지금 있는 것들이 아니라
그것들을 있게 한 영원한 지혜.
그걸 사랑해야 행복하다는 거다.
내 사랑 질서 있게 되기에.

작은 배 한 척. 바다에 떠 있다.
여러 달의 항해.
바다의 온갖 얼굴을 보았다.

유리같이 잔잔하던 바다.
파도가 넘실거린다.
바다가 미쳤나 보다. 굵은 파마머리에 샴푸 바른 듯하다.

우르르 꽝. 번쩍! 천둥 번개가 친다.
뱃머리 위로 물보라가 넘어간다.
쏴아아! 폭우가 쏟아진다.
항해는 계속된다. 망망한 바다 위엔 머물 곳이 없다.
변화무쌍한 바다.
그 변덕이 뱃사람들에겐 지겹지도 않나?
선장은 언제나 별자리와 바다 지도를 본다.
그 바다는 현실이다.

별자리를 보는 건 철학하는 거다.
밤바다에서 길 잃고 싶지 않다면
별자리를 보라! 바다 지도를 보라!

신앙은 가장 높으신 그분을 사랑하는 거다.
그 사랑이 참된 철학에 이르는 길이다.
기쁘고, 분하고, 슬프고, 즐거운 일들.
우리의 감각을 압도한다. 보이고 들리고 만져지기에.

이때 마음의 정情은 출렁거린다.
무엇 때문인지도 모른 채 기쁨에 들뜬다.
무얼 탄식하는지 모르면서 비탄에 빠진다.
휴우! 아아후!
그러다 피로감이 극도에 달한다. 살아 있도록 버틸 수 없다.
삶을 끝내고 싶어진다.
운명에 탄식하던 에우리피데스의 헤카베처럼 말이다.
아아, 기구한 내 팔자. 서글픈 내 신세.
아아, 슬프다. 산다는 것이 달갑지 않구나.°

지혜는 길 잃지 않게 해준다.
그건 가장 높으신 분을 사랑하는 것이다.
순간을 살아도 영원에서 의미를 찾는 거다.
신앙은 현실에 의미를 부여받는 수단이다.

참된 지혜를 찾는다고?

그럼 그는 벌써 좋은 신앙을 가졌을 거다.

좋은 신앙을 가졌다고? 그럼 이미 참되게 철학하고 있을 게다.

사랑은 그분으로부터 왔다.

사랑은 그분으로부터 나와서 그분을 안다.

좋은 것을 사랑함은 사랑하도록 힘을 주신 거다.

나쁜 것을 사랑함은 그것을 욕심으로 바꾼 거다.

마음이 병들었기 때문이다.

사람과 사물을 좋아하는 건 나쁜 게 아니다.

잘못 사랑하는 게 나쁜 거지.

○ 이런 인생의 고뇌는 에우리피데스의 비극 〈헤카베〉에 나오
는 그녀의 탄식에 잘 묻어 있다. "아아, 기구한 내 팔자! 대체
무엇을 탄식하지? …서글픈 노년의 서글픈 내 신세! 참을 수
없고 견딜 수 없는 이 종살이! 아아, 슬프도다. …햇빛 속에서
산다는 것이 나는 더 이상 달갑지 않아. 불쌍한 내 발아, 나를
인도해다오." 에우리피데스, 〈헤카베〉, 《에우리피데스 비극
전집 1》, 천병희 역(고양: 숲, 2009), 215.

내 안에 사랑을 질서 있게 하소서!°

아우구스티누스가 평생 드린 기도다.
행복은 이 질서를 받아들이는 삶에 있다.
철학은 그 질서를 깨닫는 것이고.
그분은 모든 신자를 참된 철학자가 되게 하신다.
그분을 사랑하는 자. 인생의 의미를 알게 되기 때문이다.

좋을 때 너무 기뻐해서 길을 잃지 말라.
화날 때 너무 분노해서 길 밖으로 가지 말라.
아플 때 너무 슬퍼해서 길을 포기하지 말라.
신날 때 너무 좋아해서 길에서 놀지 말라.

지혜가 이것을 가능하게 하지 않는가?

° "내가 보기에 덕에 관한 간결하고도 참된 정의는 '올바르게
질서 지어진 사랑이다.' 왜냐하면 아가서에서 그리스도의
신부, 곧 하나님의 도성civitas Dei이 이렇게 노래하고 있기
때문이다. '내 안에 사랑을 질서 있게 하소서'(*Ordinate in
me caritatem*)." Augustiuns, *De Civitate Dei*, 15.22.

*

나는 학교가 싫었다.
단 하루도 행복한 날이 없었다.
기억에 붙잡아둘 게 별로 없다. 선생님들에 대한 기억은
그랬다. 한 선생님 빼고.

초등학교 2학년.
담임 선생님은 삼십 대 후반.
달덩이 같은 얼굴.
머리숱이 많아 늘 풍성한 헤어스타일.
흰 칼라가 달린 짙은 남색 교사복.
늘 피부에 분가루가 겉도는 얼굴로 교탁 앞에 서셨다.
날 참 예뻐해주셨다.
날 볼 때마다 밝게 웃어주셨다.
맑은 눈동자. 기쁜 마음에 약간 올라간 눈꼬리.
자주 생각난다.

낡은 목조건물 창가.
수업 시작되기 전, 창가 책상 앞에 앉는다.
고개를 왼쪽으로 고정시킨다.
황톳빛 운동장에 굵은 모래들이 이리저리 몰려 있다.

선생님이다!

저 멀리 교무실. 짙은 회색 건물에서 나오신다.

후다닥 뛰어나간다.

매일 하는 양초질로 반들반들한 마루.

달려나갈 때 바닥에서 나는 소리, 삐걱삐걱.

큰 반가움에 넓은 운동장을 가로지른다.

선생님을 맞으러 달려간다.

우리는 운동장 한복판에서 뜨겁게 만난다.

달려나온 나를 선생님이 치마폭에 꼭 안아주신다.

한 손엔 짙은 국방색 출석부와 분필통.

내 머리카락에 닿는 선생님의 얼굴. 화장품 냄새가 좋다.

아아, 오늘따라 보고 싶다.

학교는 싫었지만 그 선생님은 좋았다.

가르쳐주는 건 다 배우고 싶었다.

국어를 잘 가르치셨다.

여기저기 빨간 펜으로 고친 내 원고지를 건네주셨다.

글짓기를 잘했다고 머리 쓰다듬어주실 때,

주홍색 립스틱을 짙게 바르고 계셨다.

선생님 사랑하면 그 과목 좋아하게 된다며?

그분을 사랑하면 우리는 무슨 과목 좋아하게 될까?

깊은 밤. 바람 속에 벌써 겨울이 들어와 있다.

따뜻한 찻물이 끓는다.

뭘 마실까? 채깍 채깍 채깍.

4

공간은 주고 시간은 빼앗아간다

*

특별히 돈과 명예를 탐한 적은 없었다.
그런데도 나의 희로애락은 사라질 것들에 묶여 있었다.
없어질 것들 때문에 염려했다.
있는 것은 사라질까봐, 없는 것은 나타날까봐 두려워했다.
사라져가는 존재로서 사라져갈 많은 것들을 사랑한 거다.
아아, 그게 내 마음의 사슬이었던 거다.

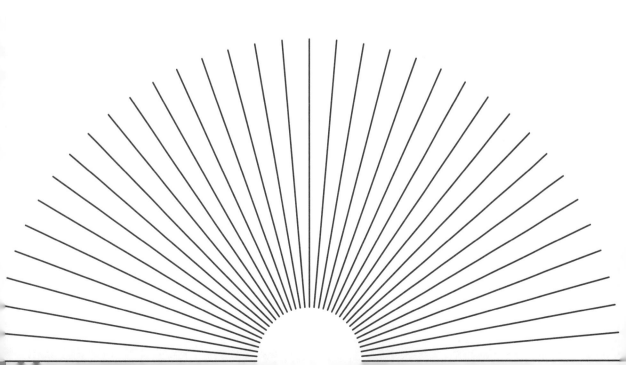

*

공간은 우리가 사랑할 것을 제시하나 시간은 그것을 빼앗아가 버린다.

*Loca offerunt quod amemus,
tempora surripiunt quod amamus⋯.*

아우구스티누스,《참된 종교*De Vera Religione*》, 35. 65

꿈을 꾸었다.

꿈속에서 꿈을 꾼 적은 있다.

그날은 꿈속에서 꿈을 꾸었는데, 그 꿈속에서 또 꿈을 꾸었다.

하도 신기해서 할머니에게 이야기했다.

거참! 신기하구나. 꿈속에서 꿈을 꿀 때가 종종 있지만.

그날 세 번 꿈에서 깼다.

모두 다른 공간이었다.

세 공간 모두 현실이었다. 깬 꿈속에서는.

어린 나는 그래서 영혼이 있는 게 맞다고 생각했다.

김소월도 꿈은 영혼의 해적임이라고 하지 않았던가?°

꿈은 신비하다. 시간과 공간을 넘나든다.

대부분 꿈에는 논리가 없다. 그래서 개꿈이 많다.

육체는 공간을 차지하고 기억은 시간에 의존한다.

°   "쑴? 靈의 해적임 / 서름의 故鄕 / 울자 내사랑! / 쑴지고
    저무는 봄" 김소월, "쑴", 김용직 편저, 《김소월전집》(서울:
    서울대학교출판부, 2007), 84.

공간은 모눈종이.
시간은 그 위를 흐른다고 생각했다. 틀렸단다.

딸까닥!
볼펜 내려놓는 소리 크게 들린다. 책을 덮는다.
이제 제가 가르쳐드릴 수 있는 건 여기까지입니다.
한 해 동안 매주 한 번씩 오던 천문학 선생님. 젊은 분이었다.
좀 더 배우면 안 돼요?
음, 대학 미적분을 해야 하는데. 괜찮으시겠어요?
얼마나요?
한 육 개월에서 일 년 정도?
나는 고개를 떨궜다. 접었다. 이 나이에 웬 수학을?

얇은 고무막. 허공에 떠 있다.
운동장만큼 넓게 펼쳐져 있다.
여러 크기의 쇠구슬이 그 위에 있다.
좁쌀만 한 것부터 축구공, 애드벌룬 크기까지.
그것들을 올려놓는다.
무게만큼 고무막은 아래로 처진다. 각각 다른 깊이로.

쇠구슬은 물체.
드넓은 고무막은 우주의 공간이다.
시간은 그 굽이친 막을 따라 흐른다.

시간은 공간을 타고 흐르는 빛이 전달된 길이length다.
공간이 휘니 시간도 휜단다.
잠깐 우주에 다녀왔더니 지구엔 백 년이 흘렀다는 이야기가
그래서 나온 거다.
누군가 그랬다. 시간과 영원의 관계는 1과 정수整數 수열의
관계와 같다고.° 그런데 원자 이하의 세계에선 이미 알려진
물리의 법칙이 적용되지 않는다.

타다닥. 탁!
불꽃이 타오른다.
불멍을 아는가?
모닥불을 피워놓고 멍하니 보고 있는 거다.
심적 스트레스가 좀 해소된단다. 불멍. 시간이 흐른다.

°   "…수는 단절과 연속을 동시에 가지고 있다. 단절 즉 비약이
없으면 전진할 수가 없고, 연속성이 없으면 헤아림의 기본인
서열이 서지 않는다. …수와 시간은 그 본질을 같이한다.
영원인 이데아는 존재 자체이다. 그것은 '영원한 지금'이다."
소광희, 《시간의 철학적 성찰》(서울: 문예출판사, 2003),
218-219.

춤추는 불꽃이 나인지 내가 불꽃인지 헷갈린다.
공간의 경계가 흐릿해진 거다.

알은 세계란다.
선과 악의 융합이 아브락사스란다.
그걸 찾아 날아올라야 한단다.°
헤르만 헤세. 그는 나의 분신이라고 생각했다.
내 나이 스무 살.
세상에서 그의 작품 세계 가장 잘 아는 사람 다섯을 꼽는다면
내가 그중 하나일 거라 생각했다.
용감해서가 아니었다. 많이 공감해서였다.°°
헤세는 평생 자기 안의 대립과 모순을 극복하고자 했다.
그러나 그는 내게 답을 주지 못했다.
나는 그가 거짓말하지 않았다는 것은 안다.
하지만 극복한 그 길을 보여주진 못했다. 내겐 그랬다.

이 문장을 만났다.

**공간은 우리가 사랑할 것을 제시하나
시간은 그것을 빼앗아가 버린다.**

나는 알을 깨고 나온 병아리.
다시 보는 세상에 잠시 멍 때린다.

오랫동안 때가 낀 유리창. 깨끗이 닦고 보는 것 같았다.
맑은 유리 너머 풍경이 새롭다.

공명은 허공을 생각 없이 바라보는 거다.
거긴 아무것도 없다. 한참을 바라본다.
내가 허공인지 허공이 나인지 모른다.
내가 있는 것인지 없는 것인지도 모르게 된다.

장주莊周는 나비가 된 꿈을 꿨단다.
훨훨 날아 다녔단다. 날면서도 자기인 줄 몰랐단다.

○ "새는 알에서 나오려고 투쟁한다. 알은 세계이다. 태어나려
는 자는 하나의 세계를 깨뜨려야 한다. 새는 신에게로 날아
간다. 신의 이름은 압락사스." 헤르만 헤세, 《데미안》, 전영
애 역(서울: 민음사, 2000), 123.

○○ 그러나 그가 사상적으로 날 어디다 데려다주진 못했다. 그냥
함께 방황했던 것 같다. 그래서 한때 주인공 하리 할러처럼
나 자신이 〈황야의 이리Der Steppenwolf〉라고 생각했다. 그
작품은 헤세가 50세 되던 1927년에 발표되었다. 주인공은
양극단의 성격에 시달리다 자살로 생을 마감한다. 헤르만
헤세, 《헤세, 사랑이 지나간 순간들》, 송영택 역(서울: 문예
출판사, 2017), 282, 291.

꿈에서 깨어나
꿈에 나비가 된 건지, 나비가 그가 된 건지 묻는단다.°

무어라고 답할까?
나비도 그도 사라진다. 그러면 변함없이 있는 건 무엇인가?
어디 있는가? 모두 환상일까?

공간. 사라질 것들의 전시장이다.
만물이 무無로부터 나왔다.
그래서 만물은 생겨나자마자 무로 돌아가려 한다.
시간이 존재하지 않던 때는 없다. 때가 이미 시간이기에.
그것은 변하고 사라질 만물과 함께 시작된 거다.
때 이전은 영원이다. 영원에선 그런 모든 게 없다.°°

웃음. 눈물. 한숨. 신음.
모두 공간에서 제시된 것에서 비롯된다.°°°
하지만 사실은 시간 때문에 그런 거다.
원하는 바대로 생겨날 땐 기뻐하고,
그와 다르게 나타날 땐 슬퍼하고 분노한다.
있길 바라는 게 사라질 땐 슬퍼하고,
없길 바라는 게 사라질 땐 즐거워한다.
밤하늘 어둠 속.
우주는 자기를 감춘 채, 깨알 같은 별들만 띄워놓는다.

자! 이제 자기를 가늠해보란다.

어느 공간 안에 내가 있단 말인가?

인간은 자신의 존재가 무엇인지 세 번 생각한다.

하나. 자기의식이 생기기 전엔 밤하늘을 보고 생각한다.

둘. 그 후엔 자기 마음을 보면서 생각한다.

그러나 두 번 다 대답을 얻지 못한다. 밤하늘은 해석을 기다리고 마음은 이해를 요청한다. 하지만 둘 다 할 수 없다.

셋. 그분을 만나면 자신을 보게 된다.

만물의 질서를 알게 된다. 비로소 자기 존재를 깨닫게 된다.

○　　장자 내편, 제2편 제물론, 제6장 중에 나오는 구절이다.
　　　"昔者. 莊周夢爲蝴蝶. 栩栩然蝴蝶也. 自喻適志與. 不知
　　　周也. 俄然覺. 則蘧蘧然周也. 不知周之夢爲胡蝶與. 胡
　　　蝶之夢爲周與. 周與胡蝶 則必有分矣. 此之謂物化" 장
　　　자, 《莊子》, 안동림 역주 (서울: 현암사, 2002), 86-87 참고.

○○　　로이 배튼하우스, 《아우구스티누스 연구핸드북》, 현재규 역
　　　(서울: 크리스천다이제스트, 2004), 381.

○○○　상상으로도 희로애락을 경험한다. 그것도 이전에 있었던
　　　사건에 대한 기억이거나 서로 다른 사물들을 조합하는 정신
　　　작용의 결과다. 존재하지 않는 것은 생각할 수 없다.

공간은 사랑할 걸 보여주고 시간은 그걸 빼앗는단다.
이 문장은 날 외롭게 했다.°
그건 타인으로부터의 소외가 아니었다.
가장 높으신 분으로부터 소외였다.
무엇 때문이었을까? 왜 내가 믿는 분으로부터 소외감을
느꼈을까? 왜 또다시 나 자신이 낯설게 느껴진 걸까?

나는 속고 있었다.
누가 날 외롭게 한 게 아니었다.
나의 정신이 놀아난 거다. 공간과 시간의 장난질이었다.

모닥불.
어둠 속에서 장작이 소리를 내며 탄다.
쉬이익!
타는 저도 힘든지 가끔 콧김을 내뿜는다.

°   외로움과 고독은 어떻게 다를까? 외로움은 선택하지 않은
     고독이고 고독은 선택한 외로움이다. 외로움은 타인으로
     부터의 장소적 소외이고 고독은 자신으로부터의 정신적
     소외다. 소외는 배제의 감정이다.

좁쌀만 한 불꽃 알갱이들. 허공에 날아간다.
까만 벨벳 위에 빛나는 보석가루 같다.
흐음… 나무 타는 냄새 향기롭다.

불꽃의 무도회다.
불꽃도 지쳤나? 춤추기가 끝난다.
빨간 숯이 남는다. 이윽고 숯조차 재만 남기고 사라진다.
아무것도 없다!
그 많던 장작들은 대체 어디로 간 걸까?
남한강에 지는 노을.
물결이 고급진 비단폭처럼 흔들린다.

이 문장을 잊지 못한다.
왜일까? 다른 명문들은 바로잡거나 열정을 안겨줬다.
그러나 이건 온몸에 힘이 빠지게 한다.
내 마음 의심하게 한다.
아우구스티누스는 제 하고 싶은 대로 살아봤단다.
쓰라림을 겪었단다.
나를 보는 눈빛이 측은하다.
내게 들리는 그의 나지막한 목소리.

애야, 사라질 것을 사랑함이 고통이란다.

그렇네! 생각해보니 그렇다.

특별히 돈과 명예를 탐한 적은 없었다.

그런데도 나의 희로애락은 사라질 것들에 묶여 있었다.

없어질 것들 때문에 염려했다.

있는 것은 사라질까봐, 없는 것은 나타날까봐 두려워했다.

사라져가는 존재로서 사라져갈 많은 것들을 사랑한 거다.

아아, 그게 내 마음의 사슬이었던 거다.

깊은 실망. 나쁜 기억.

모두 사랑에서 비롯된다.

사라져갈 것들은 모두 시간과 공간에서 춤추던 불꽃들이었다.

내 욕망의 무도회.

지는 해에 비끼는 볕 같은 짧은 인생.

덧없는 것들을 사랑하느라 피곤하게 살았지?

가끔씩 내 방을 정리한다.

갖고 있던 물건들과 인연을 끊는다.

버리기 아까웠던 것들.

몰라서 못 버린 것들까지.

한땐 그리 좋아 모은 건데 지금은 쓰레기다.

물건이 변한 게 아니다. 내 마음이 변한 거다.

옛날엔 없으면 안 될 것 같았고, 지금은 있어서 불편하다.

모두 흥분과 변덕 때문이다.

그는 치료책이 여가餘暇란다. 세 가지 여가를 가지란다.°
하나. 사색의 여가.
환상 탈출의 여가다. 수많은 환상들이 마음에 아로새겨진다.
있는 것 같으나 사실은 없는 거다. 그런데 그게 진짜 있는 것
보다 더 사랑받으려 한다. 그러니 사색의 여가를 가지란다.
둘. 이탈의 여가.
시공으로부터 이탈한 여가다. 마음에 새겨지는 인상을 믿지
말란다. 있는 걸 없어질 걸로 여기란다. 영원의 관점에서 보
는 여유를 가지란다.
셋. 사랑하지 않음의 여가.
좋아하는 걸 사랑치 않음으로 갖는 여가다. 탐욕과 분노와
어리석음은 거짓에 끌리게 한다. 그걸 끊으란다. 그런 사랑
을 끊음이 여가란다.

그분 사랑으로 사랑하라.
그러면 사랑할지라도 잃어버릴 게 없다.
잃어버릴 것이라곤 그분밖에 없다.
그런데 누가 그분을 빼앗아갈 수 있을까?°°
자기를 사랑해보라.
사랑할수록 더 많은 걸 잃어버린다.

공간은 사랑할 걸 보여주고 시간은 그걸 빼앗아간단다.
아아, 우린 어디에서 와서 어디로 가는 건가?

✳

푸른 하늘. 햇살에 눈부시다.

할머니 무덤에 갔다.

초록색 풀잎 돋는 게 샘이 났나?

들판엔 누런색 풀의 시체가 파릇한 새싹들을 누르고 있다.

한땐 거인 같았던 겨울인데 봄이 밀쳤다. 힘없이 쓰러진다.

봄 천지를 만들려 한다.

°   "그러므로 단순한 마음으로 그분을 찾도록 하자. '여가를 가져라. 그러면 내가 主라는 사실을 알리라'고 했다. 이것은 태만의 여가가 아니라 사색의 여가이고, 시간과 공간으로부터 벗어나는 여가다" Augustinus, *De Vera Religione* (35.65), *Corpus Christianorum Series Latina*, vol. 32(Turnholti: Brepols, 1962), 229-230.

°°   "당신을 사랑해서 당신 안에서 친구를 사랑하고 또한 당신 때문에 원수를 사랑하는 사람이 복됩니다. 그 사람만이 잃어버릴 수 없는 그분 안에서 모든 사람을 사랑하기에 사랑하는 이를 하나도 잃지 아니합니다…"(*Beatus qui amat te et amicum in te et inimicum propter te. Solus enim nullum carum amittit, cui omnes in illo cari sunt, qui non amittitur*). Augustinus, *Confessiones*, 4.9.14.

묘지에 봄볕이 든다.
세상에서 처음 내게 사랑을 가르쳐준 분.
할아버지와 합장된 유골을 수습해 옮겨야 했다.
무덤 위에 아파트를 짓는단다.
산 자가 죽은 자에게 자리 좀 비켜달라는 거지?

유골을 모두 파냈다.
할머니 여읜 지 25년, 할아버지 가신 지 51년이 된 때였다.
그리던 할머니를 다시 뵈었다.
돌아가실 때 입혀드렸던 하얀 치마저고리 간 곳이 없다.
몇 개의 가녀린 뼈.
보자기에 싸여 내 앞에 있다.
이 발로 걸어다니고 저 팔로 날 안아주셨는데.
손가락 마디 같은 뼈들을 본다.
저 손으로 내 옷을 꿰매셨지. 마음이 저리다.
그걸 빻아야 한단다. 납골함에 넣기 위해서란다.

사랑은 마음의 진흙밭을 밟는다. 선명한 발자국.
시간이 흐른다. 바위인가? 딱딱하게 굳는다.
그 기억 속에선 시간도 멈춘다.
할머니는 가고, 추억은 남아 있다.
정말 죽는 자의 생명은 살아 있는 자의 죽음이 되는구나!°

112

쿵쿵쿵!

저 멀리, 쇠 절구통에 공이 두드리는 소리 들린다.

뼈들은 한 줌의 가루가 된다.

엄한 정신으로 나를 꾸짖어 아주 울기까지는 아니했다.

어쩔 수 없는 사람의 죽음에 연연하지 말라.

젊은 나이에 엄마를 여읜 아우구스티누스.

그의 가르침을 받은 저 마음이 이 마음에게 시킨 거였다.°°

그러나 한쪽 마음은 이미 핏빛 슬픔에 배었으니,

그 두 마음 사이에서 나는 울먹이고 있었던 거다.

°   "누군가가 죽으면 거기에 우리의 슬픔이 있나이다. 고통의
    어둠이 찾아오고 즐거움이 변하여 마음은 눈물에 젖나이
    다. 그렇게 작별함으로 죽는 자의 목숨은 살아 있는 자의
    죽음이 되나이다"(*Hinc ille luctus, si quis moriatur, et
    tenebrae dolorum et uersa dulcedine in amaritudinem
    cor madidum et ex amissa uita morientium mors
    uiuentium*). Augustinus, *Confessiones*, 4.9.14.

°° 최민순의 번역이 너무 아름다워서 그대로 옮겨본다. "애당초
    이같이 태어나서 어쩔 수 없는 것이 인정이라고는 하지만
    사람의 일이 이처럼 큰 힘을 내게 휘두르는 것이 몹시 언짢
    았기 때문에 내 쓰라림은 또 하나의 쓰라림으로 쓰라리고,
    둘을 겹친 비애에 나는 야위는 것이었습니다." A. 아구스띤,
    《고백록: 님 기림의 찬가, 진리에 바치는 연가》, 9.12.31, 최
    민순 역(서울: 바오로딸, 2005), 246.

바흐의 〈G선상의 아리아〉가 날 묘지로 데려간다.°

공간에는 온갖 것들이 나타난다.
눈에 어른거려 마음을 훔친다.
그런데 막상 마음이 동動해 사랑하게 되면
시간과 손잡고 사라져버린다.

깔깔깔, 키득키득.
이것들이 날 놀려?
웃다가 울고 기쁘다가 슬퍼진다.
아아, 빌어먹을.
이 노리개짓을 언제까지 당해야 하나?

우릴 갖고 논다.
시간이나 공간, 그놈이 그놈이다.
영혼에 무수한 인상을 남긴다.
영원한 분은 버려두고 사라질 건 사랑하란다.
못된 자식 늙은 부모 유산 조르듯이 들볶는다.

엄숙하도록 존귀하게 태어난 사람.
시공時空의 두 손바닥에서,
애개! 구슬만 해져서 이리저리 구른다.
진짜 있는 건 줄 알고 붙잡으려 한다.

그래, 바람이 손에 잡히든?
그래서 헤어지는 자유보다 사로잡힌 속박을 택한다.

사랑 받으려다 절벽으로 내몰린다.
죽지 않으려다 심연으로 떨어진다.
으악! 떨어질 때 아무도 곁에 없다.

이생의 삶을 죽이는 자는 죽지 않고,
그걸 살려는 자는 살 수 없단다.°°

°   요한 세바스티안 바흐 J. S. Bach 작곡, "G선상의 아리아"
     (Air on the G String, 1871). Early Music ensemble
     voices of Music 연주.

°°   장자 내편, 제6편 대종사, 제2장에 나오는 글이다. "殺生者
     不死. 生生者不生. 其爲物. 無不將也. 無不迎也. 無不毀
     也. 無不成也. 其名爲攖寧. 攖寧也者. 攖而後成者也."
     어려운 문장이라 번역이 다양하다. 학자들의 번역을 참고하
     여 직접 번역해보았다. "이생을 죽이는 자는 죽지 않고 이생
     만 살려는 자는 살지 못하는도다. 도라는 것은 보내지 않음
     이 없고 맞아들임도 없으니 허물지 않는 것도 없고 이루지 않
     는 것도 없도다. 그것을 가리켜 어지럽게 움직이는 고요라 부
     르는도다. 어지러운 움직임이 있고 난 후에라야 고요가 이뤄
     지도다." 장자, 《역주 장자 1》, 안병주, 전호근 공역(서울: 전
     통문화연구회, 2016), 281 참고.

그 전에 진리가 있었다.
한 알의 밀이 땅에 떨어져 죽지 않으면
한 알 그대로 있고, 죽으면 많은 열매를 맺는단다.°

자연이 아름다움과 조화를 낳았단다.
자연에 반하는 게 비정상과 부조화를 낳았단다.°°
없는 것에서 있는 것으로,
있는 것에서 없는 것으로 변한다.
그게 자연이란다. 그럼 그 자연은 누가 낳았나?
자연은 사라지고 생겨나는 것처럼 보인다.
그러나 항상 있는 그분을 벗어나지 못한다.
있어도 사라져도 그분의 품을 벗어나지 못한다.
시간에 빼앗길 걸 사랑함이 인간의 고통이다.

°   "내가 진실로 진실로 너희에게 이르노니 한 알의 밀이 땅에
      떨어져 죽지 아니하면 한 알 그대로 있고 죽으면 많은 열매
      를 맺느니라"(요한복음 12장 24절).

°°   프랑수아 라블레, 《팡타그뤼엘 제4서》, 유석호 역(파주: 한
      길사, 2006), 182.

두꺼운 커튼을 젖힌다.
이른 아침 햇살이 커튼 사이를 비집는다.
투명한 유리 같은 빛살이 비친다.
웁, 먼지들!
나도 모르게 입을 막는다.

공간은 사랑할 걸 제시하나
시간은 그걸 빼앗아간단다.
내 지성의 커튼 비집고 새로 들어온 햇살.
한참을 뚫어지게 보았다.
눈을 감고 책상에 엎드렸다.
움직이던 모든 것들이 멈췄다.

난 허무함 섞인 그때의 평온함이 좋다.
사라질 것들에 대한 사랑 때문에 더 이상 아프지 말자.
그러자! 이 마음이 저 마음에게 말한다.
둘이 손을 잡는다.
오랜만에 의견 일치다.

수도꼭지 타고 물이 흘러나온다.
손을 씻는다.
마시던 커피가 다 식었다.

5

*

있는 것은 없는 것이다

*

그대는 왕처럼 살아왔다.
온 우주의 중심인 것처럼.
만물이 오직 그대의 행복을 위해 있어야 할 것처럼.
그래봤자 나라도 없는 왕이다. 땅도 백성도 주권도 별로 없다.
사실은 있지도 않은 나라. 왕 노릇 하시느라 고생 많았소!
……
참으로 있는 것이 있는 것으로 알려질 때
불멸의 사랑은 불타오른단다.

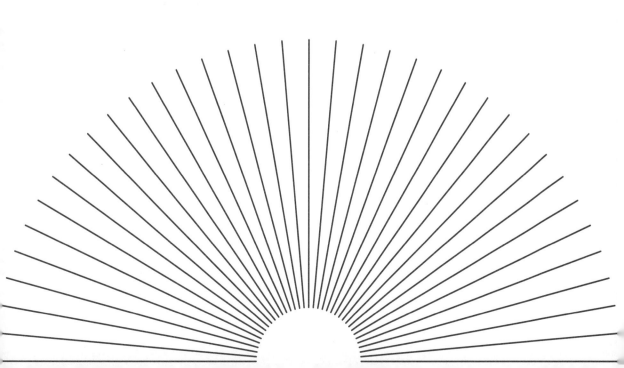

*

있는 모든 것은 단지 있다는 사실이 아니라
또 다른 이유에서 존재하지 않는 것이다.

*Omnis enim essentia non ob aliud essentia est,
nisi quia est.*

아우구스티누스,《영혼 불멸*De Immortalitate Animae*》, 12.19.

우아! 와~으악!

애들이 벌떡 일어났다.

팔 벌려 양손을 내민다. 물고기 잡으려고.

세숫대야보다 큰 해파리가 올라온다.

손으로 살짝 건드려본다:

그것들은 놀라지도 않고 저 가고 싶은 데로 간다.

아, 아하!

여기저기서 들려오는 아쉬운 탄성.

3D 영화가 막 나오기 시작했을 때였다. 정말 신기했다.

초등학생들이 단체로 왔단다.

무얼 잡으려 손 내밀었을까?

왜 모를까. 설마 거기 바닷물고기 헤엄쳐 다니는 줄 알았나?

재빠른 고등어, 알록달록 귀여운 새우,

해마와 산호초, 그리고….

설마 살던 바다 두고 거기 왔을 리 없지.

애들이라도 다 안다.

그럼 뭘 해? 나도 모르게 팔 뻗고 손 내밀었는걸.

한때 영혼이 뭔지 궁금했다.

어릴 땐 그런 거 생각할 겨를이 없었고.

고등학생 때 니체에 흠뻑 빠졌다.

영혼 같은 것은 없다고 확신했다.
아니 있거나 말거나 상관없이 살기로 했다.

제기랄, 나조차 낯설어 죽을 지경인데.
설령 있다 해도 내겐 사돈의 팔촌이었다.

언제부터였을까?
기독교가 피상적이란 생각이 들었다.
예배시간. 영혼의 변화를 받으란다.
그게 뭐냐? 넌 알아?
기도하던 옆 친구에게 묻는다. 짜증을 낸다. 아! 쫌.
설교시간이다. 더 심오하다.
영적 변화를 받으시오!
저건 뭔 소리야? 물어본다.
인상을 팍 쓴다. 야! 아, 짜증나!

있는 모든 것은
또 다른 이유에서 사실 없는 거란다.
영혼에 관하여 아우구스티누스가 쓴 책.°
그걸 읽던 때, 밤이면 눈을 감은 채 생각하곤 했다.
내일 아침엔 저세상에서 눈떴으면.
괴로운 일이 많았던가?
그땐 그랬다.

기원후 삼백팔십육 년.
아우구스티누스는 기독교에 귀의했다.
그의 나이 서른둘. 아버지는 이교도,
어머니는 기독교인이었다. 그 여자가 모니카다.
영혼 불멸에 관한 책은 그의 초기 작품이다.
그때 그의 관심사는 이성과 신앙의 조화였다.
그러니까 철학과 종교의 조화였다.

**있는 모든 것은 단지 있다는 사실이 아니라
또 다른 이유에서 존재하지 않는 것이다.**

영혼의 존재를 탐구했다.
여러 권의 책을 읽었다.
영혼에 대한 공부는 재밌었다.
어떤 사람들. 지극히 높으신 분이 있는 줄은 안다.
그런데 영혼이 있는 줄도 알아야 한다.

○   아우구스티누스, 《영혼 불멸》, 성염 역주(왜관: 분도출판사, 2018).

그래야 그분과 만날 내가 있음을 알게 된다.

그분과 만나는 나는 누군가?

하나님. 물체로는 없는 분이다.

인간. 영혼으로도 물체로도 있다.

그분을 육체로 만나진 않는다. 영혼으로 만난다.

영혼. 있다면 어떻게 생겼을까?

아우구스티누스.

그도 영혼이 있음을 알았단다. 하지만 오해하고 있었다.

영혼은 죄에 대해 책임이 없다고 믿었단다.

육체와 함께 있는 데서 죄가 나온다고 믿었다.

그리고 죄는 물질과 함께 영원 전부터

있었던 일이라고 확신했단다.

나는 알게 되었다.

영혼에 대해 별로 아는 게 없음을.

영혼이 구원받는다면서?

강의도 했고 글도 썼다. 틀리게 가르치진 않았을 거다.

너무 단순했겠지.

복잡하게 가르칠 수 없었으니 그들이 오해는 안 했겠지.

그렇지만 이해도 못했겠지.

그러니 더 깊이 생각할 수도 없었을 게다.

124

그들에게 미안하다.
아아, 영혼. 제대로 배운 적이 없구나.

그를 만나고 나는 여행을 떠났다.
나 자신을 찾아나선 거다.
나라는 것의 정체가 바로 영혼이었기에.
그래서 그는 이 말을 남겨야 했다.

있는 모든 것은 단지 있다는 사실이 아니라
또 다른 이유에서 존재하지 않는 것이다.

그에겐 영혼만이 진짜 있는 거였다.
그 후 내가 플라톤의 《파이돈》, 아리스토텔레스의 《영혼론》,
특히 플로티노스의 《엔네아데스》를 탐독했던 것도 바로
이런 이유에서였다.°
영혼에 대한 공부를 그렇게 늦게 시작하다니. 바보!
왜 내 옛날 이야기를 하는 걸까?
이 문장이 영혼에 대해 말하기 때문이다.

가장 높으신 분과 영혼.
기독교에 귀의한 직후 그의 관심사는 이 둘뿐이었다.
오죽했으면 그 둘 외에는 알고 싶은 게 없다고 했을까?°°
그분은 사람의 영혼이 아니다.

사람의 영혼은 그분이 아니다.
그런데 영혼은 그분 것이다. 또한 인간의 것이기도 하다.
중요한 건 이거다.

영혼은 불멸하는 사물이다.

유명한 말이다.
모든 있는 것은 단지 있다는 사실만으로
진짜 있는 게 아니란다.

○ 플라톤, 〈파이돈〉, 《플라톤의 네 대화편: 에우티프론,
   소크라테스의 변론, 크리톤, 파이돈》, 박종현 역(서울: 서광
   사, 2003); 아리스토텔레스, 《영혼에 관하여》, 유원기 역
   주(서울: 궁리, 2001). Plotinus, *Ennead* I-VI, *The Loeb
   Classical Library*, vol 440-445, 468(Massachusetts:
   Harvard University Press, 2006).

○○ "이성: 지금 그대는 무엇을 알고 싶은가? / 아우구스티누스:
   내가 기도한 모든 것들이다. / 이성: 그것을 간략하게 요약
   해본다면? / 아우구스티누스: 하나님과 영혼을 알고 싶다.
   / 이성: 더는 없는가? / 아우구스티누스: 그것 말고는 아무
   것도 없다" Augustinus, *Soliloquia*(1.2.7), *Patrologiae
   Cursus Completus: Series Latina*, vol. 32, ed. J-P.
   Migne(Paris: 1845), 872.

또 다른 의미에서 존재하지 않는 거란다.

정말 내가 이 뜻을 몰랐을까?

그렇지 않다.

그때 이미 신학도 공부하고 여러 학문들을 접했는데.

이 진리를 깨달았다 하자.

그것을 처음 알았다는 뜻이 아니다.

이미 기억 안에 있던 걸 상기했다는 거다. 잊고 살다가.

그렇지 않다고?

그럼 다음 질문에 대답해보라.

어떤 진리를 깨달았다고?

그런데 그게 진리인 줄 어찌 알았는가?

행복해졌다고?

그게 행복이란 걸 언제 배웠나?

이 문장을 처음 읽었을 때

호흡이 멎는 듯했다.

순간, 내 온 살갗엔 깨알같이 동그란 것들이 솟아올랐다.

무서움에 소름이 끼친 게 아니었다.

새삼 깨달은 흐뭇함 때문도 아니었다.

예전에 내가 버렸던 헛된 철학.

그 모가지에 긴 칼 꽂히는 소리였다.

거참 고소하네!
그런데 왜 박수치지 않았을까? 깔깔거리지 않았을까?
왜 통쾌함 대신 아이스께끼 당하는 느낌이었을까?°
부끄러움에 고무줄 바지를 움켜쥔다.

*

예배당 뒤뜰 나무들.
단풍이 곱게 물들어간다.
햇살이 붉은 잎새들 사이로 숨바꼭질한다.
얼마나 시간이 흘렀을까?
라틴어 원문이 궁금하다. 찾아본다.
그제서야 2B 연필을 내려놨다.

두 손으로 얼굴 감싼다.

° 필자가 초등학교 다니던 시절, 남자아이들이 서 있는 남자
아이 뒤로 몰래 가서 바지를 확 끌어내려 아랫도리가 다 보이
게 하던 짓궂은 놀이다. 당한 아이의 수치심을 생각해보라!
여학생들도 있는데. 못된 놈들!

왼손 약지 눈썹 위에.
새끼손가락 한 마디 구부린다.
콧등 왼쪽에 닿는다.
오른손은 아무렇게나 머리카락 움켜쥔다.
두 손가락 사이로 눈물 흐른다.

그는 누구길래
이렇게 내 마음을 후벼 팔까?
이 나이 되도록 난 무엇을 알고 살았나?
저항할 수 없는 슬픔에 가슴은 미어지고.
아무도 보는 이 없으니 마음 탁 풀어버려라!
편들듯 말하는 건 내 마음, 듣는 것도 내 마음이었다.

아홉 그루 나무들도 지켜본다.
가벼운 바람에 나뭇가지 흔들린다.
날 타이르는 듯했다.
울지 마라. 울지 마라.

오랜만이다.
남에게 들킬 만큼 소리를 냈다.
아무도 없는 정원에서
그분은 나의 정신에 말하시고
나는 높으신 그분의 귀에 대고 울었던 거다.

이때다!

정신은 무릎을 치며

눈물의 두레박을 길어올렸다.

저 깊은 마음의 우물에서.

눈물은 흘렀으나 마음은 시원하지 않았다.

배운 것은 '무늬'(文)였고 깨달은 것은 '결'(理)이었다.°

내 살의 결은 알았으나

내 삶의 결은 모르고 살았던 거다.

있지 않은 걸 있는 것처럼 여기며 살았던 거다.

눈물은 그것에 대한 후회였다.

있는 걸 없는 것으로 알고 살았던 날들.

후회와 수치에 마음은 자지러졌다.

° "문자文字의 문文은 대나무나 질그릇에 무엇을 '새긴다',
'무늬를 넣는다'에서 나온 글자입니다. 생각이나 느낌을 눈
으로 볼 수 있고 읽을 수 있도록 표현한 것이 문文입니다.
'무늬' 곧 문文과 짝을 이루는 점이 리理, 곧 '결'입니다. 무늬
는 새겨서 결로 표현한 것이고 결은 사물이 안으로 지닌 구조
입니다." 강영안, 《읽는다는 것은》(서울: IVP, 2020), 183.

나무라는 자 없어도
내 자신이 꾸짖고 있었던 거다.

엄마가 골목으로 달려나온다.
치맛자락으로 아이의 눈물을 씻겨준다.
울지 마라. 뚝! 괜찮아. 괜찮아.
엄마 역성에 아이는 더 서럽다.
그런 엄마는 우는 아이 당장 못 말린다.
그러나 지나가는 이웃은 말릴 수 있다.
그 자슥, 놔두라 마. 실컷 울게 내도삐리라.
울만큼 울면 지가 그치겠제.

나뭇가지 사이로 비치는 하늘.
탁자 유리 위에 풍경이 물처럼 흔들린다.

야외 의자에 앉은 채 주위를 본다.
마당과 담장, 내가 지어 익숙한 예배당 건물들.
직사각형의 창문과 불 꺼지지 않은 카페 유리창.
작은 네온사인. 몇 그루 나무들.
그 아래 손바닥만 한 풀밭.

내가 싫어서 흐르는 눈물이었다.
스스로 나를 속였다는 생각 때문이었다.

있지 않은 건 있다고 했고, 진짜 있는 건 없다고 했다.
속인 내가 미웠고 속은 내가 원망스러웠다.
그러나 누가 누구를 미워한단 말인가? 둘 다 내 마음인 것을.

속은 내가 속인 나 때문에 울었으나 이도 저도 내가 아닌가?
나를 올바로 사랑할 사랑은 어디 있었는가?
없는 걸 있는 것처럼 사랑한 나.
있는 걸 없는 것처럼 생각한 나.
저가 이를 어찌 떼어낼까?
설령 떼어낸들, 누구를 어디로 떠나보낼 수 있단 말인가?

그가 가르쳐줬다. 인생은 잠깐이라고.
그런데 그 말이 위로가 되지 않는다.
아직도 더 오래 살고 싶은가?
그렇지 않다.
다만 살아있는 날, 죽은 자처럼 살기 싫을 뿐이었다.

그날 아침.
나는 울고 새들은 노래했다.
나는 뜻깊은 그의 말에 슬펐고
새는 떨어진 빵부스러기에 기뻤다.

세월은 무정하다.

134

어제 죽은 사람에게 오늘은
그토록 살고 싶었던 내일이었단다.°
그럼 내일 죽을 사람에게 영원은 무엇인가?

아아, 모두 사라져가는 게 항상 있을 것 행세를 한다.
시간 속에서 세월은 장대무비長大無比하다.
영원에서 보면 그나 나나 모두 한 점이 아닌가?

주는 공간, 빼앗는 시간.
살고 싶은 사람을 데려가고
살고 싶지 않은 사람은 남겨두나니,
이 사람에게는 죽는 게 죽음이지만
저 사람에게는 사는 게 죽음이다.

공간과 시간.
그 둘 사이에 내가 있다.

°   조창인, 《가시고기》(서울: 밝은세상, 2007), 52.

잠시 있는 것을 영원한 것처럼 여기고,
항상 있는 것은 없는 것처럼 여긴다.
그러나 보이는 것이 어찌 있는 것이랴?

항상 있지 않을 것을 사랑한다고?
그것은 슬픔의 씨앗을
시간의 땅, 공간의 밭에 뿌리는 거다.
거기서 고통을 거두고 슬픔을 수확한다.

욕망은 분노와 같다.
비가 불을 끄듯이 분노를 끄는 건 동정심이란다.
나의 분노로 남이 고통받을 때
이게 내가 한 짓이라고 말하란다.
자기를 올바르게 동정하지 못한 사람은
남도 동정하지 못한단다.°

세차게 바람이 분다. 타오르는 불길에 산이 몽땅 탄다.
불 지난 곳엔 재밖에 남은 게 없다.
태울 게 없을 때까지 탄다.
내 인생에 아직도 탈 것이 남았더냐?

커다란 유리 상자. 조명이 눈부시다.

사람이 죽어 있다. 팔다리를 모으고 웅크린 채.

약 5,400년 전에 죽은 시신이란다.

모든 뼈와 온몸의 살이 그대로 말라 있다.

두피와 머리카락과 손톱까지.

살색 빛깔은 마치 정갈하게 말린 건어물 같다.

이집트 사막의 모래 속에서 발견되었단다.

성인 남자. 키 163cm. 흉부에 골절상.

타살됐을 거란다.ºº

한참 동안 그 전시물 앞을 떠나지 못했다.

º   아르투어 쇼펜하우어, 《도덕의 기초에 관하여》, 김미영 역 (서울: 책세상, 2004), 197.

ºº The British Museum, s.v. "human mummy", 2020년 10월 16일, https://www.britishmuseum.org/ collection/object/Y_EA32751

그는 왜 죽었을까?

누가 왜 죽었을까?

그는 죽기 전 무슨 생각을 했을까?

먹고 입고 마시고 기뻐하고 분노했을 테지.

희로애락喜怒哀樂으로 지지고 볶으며 살았겠지?

그 시신을 유리관 채 현관에 두고 싶었다.

들어가고 나가는 내게 보여주게.

봐라. 이게 너다!

또드락또드락.

이천팔 년산 투지(2G)폰으로 이 글을 쓰고 있다.

폰을 연다. 작은 자판에 엄지손가락을 댄다.

나의 사유思惟는 날개를 편다.

울먹울먹. 그때 마음의 소리가 들린다.

하지만 그때처럼 울기까지는 아니한다.

어쨌든 나는 날 데리고 살아야 하기 때문이다.

없는 것들에 대한 사랑을 끊어야지!

지겨운 마음의 다툼이 끝났다고 장담할 순 없다.

그러나 살아갈 힘이 생긴다.

사랑이 주는 감동 때문이다.

있는 모든 것은 단지 있다는 사실이 아니라
또 다른 이유에서 존재하지 않는 것이다.

그대는 왕처럼 살아왔다.
온 우주의 중심인 것처럼.
만물이 오직 그대의 행복을 위해 있어야 할 것처럼.
그래봤자 나라도 없는 왕이다.
땅도 백성도 주권도 별로 없다.
사실은 있지도 않은 나라.
왕 노릇 하시느라 고생 많았소!

없는 것이 있는 것으로 이해되면
있지만 없는 것에 대한 사랑의 불은 꺼진다.
단테가 《신곡》에서 그랬다.
선善이 선으로 이해되면 이내 참된 사랑에 불이 붙는다고.
선이 클수록 사랑도 크단다.°
참으로 있는 것이 있는 것으로 알려질 때
불멸의 사랑은 불타오른단다.

전하! 죽을 몸임을 아시옵소서.

밤이 깊었다.
베토벤의 교향곡 제3번 〈영웅〉을 들으며

가방을 싼다.°° 집에 가야지.
아, 참!
그때 나폴레옹은 자기가 17년 후에
죽을 몸인 줄 알았을까?

°   "… '철학적 논증'과 여기서 내리는 권위로 말미암아 이러한
사랑이 내 안에 마땅히 새겨져야 했나이다. 선이 선 그대로
알아질수록 그만큼 사랑을 불지르고, 스스로 선을 더욱 간직
할수록 그만큼 더욱 뜨겁게 되나이다" 여기서 단테가 말하
는 '철학적 논증'이란 밝은 이성의 추론이며 '여기서 내리는
권위'는 하나님께로부터 주어진 진리를 가리킨다. 단테 알리
기에리,《단테의 신곡, 下》, 최민순 역(서울: 가톨릭출판사,
2013), 592 참고.

°°   루트비히 판 베토벤 작곡,〈교향곡 제3번〉(Symphony No. 3,
Eroica, 1804).

6

아무것도 사랑하지 않을 때

사랑은 흐르는 물과 같다.
마음은 끊임없이 움직인다.
쉼 없이 사랑할 대상을 찾는다.
바위처럼 되기를 바라지 말라.
아무도 사랑하지 않는 건 자신조차 사랑하는 게 아니다.
사랑받음으로가 아니라 사랑함으로 행복하게 된다.

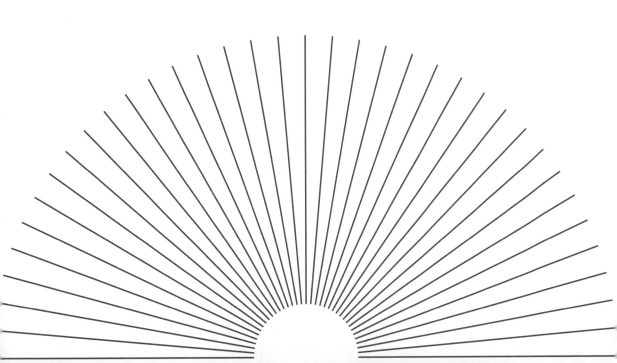

*

아무것도 사랑하지 않는 것은 사랑이 아니다.
실로 사랑이 그 자체를 사랑하고 있다면,
어떤 대상을 사랑해야 할 것이니,
그래야만 사랑이 그 자체를 사랑하는 것이 된다.

Caritas enim non est quae nihil diligit.
Si autem se ipsam diligit, diligat aliquid oportet ut
caritate se diligat.

아우구스티누스, 《삼위일체 *De Trinitate*》, 8.8.12

서른여섯 살.

천팔백이십사 년 유월.

바이런이 죽었다.

조문객과 구경꾼들이 강둑을 가득 메웠다.

여성 광팬 여럿이 혼절했단다.

하긴 살았을 때도 그의 미모에

기절한 여성들이 꽤 있었다고 하니.

케임브리지 출신의 시인.

귀족스러운 외모와 마초적 카리스마.

미친 듯 팔려나간 시집° 때문에 인기 더욱 폭발했단다.°°

어느 날 아침 일어나 보니 유명해져 있었다는

그 이야기의 주인공이다.

하지만 그의 생애는 미친 사랑의 발자국이었다.

셀 수 없이 많은 유부녀와의 불륜.

° 조지 고든 바이런, 《차일드 해럴드의 순례》, (London, 1812)

°° 섀넌 매케나 슈미트, 조니 렌던, 《미친 사랑의 서: 작가의 밀애, 책 속의 밀어》, 허형은 역(파주: 문학동네, 2019), 110-120.

이복 누이와의 근친상간과 동성애.
베니스에서의 방탕한 삶이 전기를 채운다.°
그의 아버지도 그랬단다.

청소년 시절, 난 그의 시집을 끼고 다녔다.
사랑과 광기狂氣는 통하는 것일까?
하긴 지금 읽고 있는 책 제목도 《미친 사랑의 서》니까.

사람은 사랑하기 위해 태어난 걸까?
어려서는 놀이에 빠지고, 젊어선 이성에 이끌린다.
중년에는 명예에 연연하고, 늙어선 재물에 집착한다.

°   그러나 오스카 와일드Oscar F. O. W. Wilde(1854-1900)처럼 바이런에 대해 전혀 다르게 평가하는 이들도 있다. "대부분의 개성적 인물들은 반항아가 되어야만 했다. 그들의 힘의 절반은 불화 때문에 낭비되어 버렸다. 예를 들어 바이런의 개성은 영국인들의 어리석음, 위선, 속물근성과의 싸움으로 엄청나게 소모되어 버렸다.… 자신의 능력을 최대한 발휘하지 못했던 것이다." 오스카 와일드, 〈사회주의에서의 인간의 영혼〉, 《일탈의 미학: 오스카 와일드 문학예술 비평선》, 원유경, 최경도 역(파주: 한길사, 2008), 221.

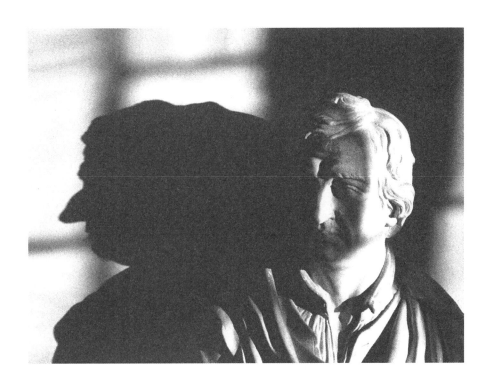

하지만 죽을 땐 손을 편 채 죽는다. 아무것도 움켜쥔 게 없이.
바이 바이! 시간과 함께 사라지다.

사랑을 사랑한다고?
이 문장은 내 눈을 비비게 했다.
무슨 말이야? 몇 번을 다시 해석해야 했다.
이제야 이해가 된다.
사랑은 사랑할 대상을 갖는다는 이야기다.

이해하기가 넘을 수 없는 벽이라는
아우구스티누스의 《삼위일체》.
그 책의 문맥에 따르면,
그는 가장 높으신 분을 사랑하면서
사람을 사랑하지 않을 수 없다는 말을 하고 싶었던 거다.

그가 어떤 사람이냐고?
그는 사랑의 철학자다.
한마디 보태라고? 그에겐 사는 게 철학이었다.

사랑하는 사람은 사랑이 좋아서 사랑하는 거란다.
사랑을 좋아하기에 사랑할 대상을 찾는단다.
가르치길 좋아하는 이가 배울 사람 찾듯이.
생각해보면 그리 뜻 모를 말도 아니다.

젊은 날 그도 욕망에 시달렸다.

바이런만큼이나 지각 없이 들뜬 정욕으로 살았다.

그가 고백했다.

사랑을 주고받음이 자기에게는 달콤했고,

사랑하는 이의 육체를 누릴 수 있으면 더욱 그러했단다.

맑디맑아야 할 우정의 시냇물을 욕망으로 더럽혔고,

순결을 지옥 같은 욕정으로 구름지게 했단다.

혹자는 그 대목에서 동성애의 개연성을 읽기도 한다.°

왜 그랬을까?

사랑을 사랑했던 거다.

하지만 그 사랑이 참사랑이 아니었던 거다.

지혜를 찾기 전, 그에겐 사랑할 대상이 있었다.

출세와 여성, 그리고 학문이었다.

사랑을 사랑하나 참사랑이 아니었다.

그래서 알맞은 대상을 바르게 사랑할 수 없었던 거다.

°   Augustinus, *Confessiones*, 3.1.1.

그게 마음의 질병이었다.
결국 사랑했기에 더 불행했다.

그분도 자신을 사랑하신다.
아무도 강제할 이 없으니 자유로우시다.
그분이 자신을 사랑하는 건 자기 필연적이다.°
당신 자신이 사랑이시니까.
강요받음 없이 자유로우면서 사랑하길 그만두지 않으신다.
모든 인간이 당신 안에 있기에.

모든 사물은 겉과 속이 있다.
속에는 보이는 속과 보이지 않는 속이 있다.
피부가 겉이라면 내장은 보이는 속이다.
마음과 영혼은 보이지 않는 속이다.
겉 때문에 사랑하면 사랑도 변할 거다.
겉은 변해가기 마련이니까.
사랑을 사랑하는데 대상이 없다고?
이때 정신은 방황하고 마음은 허공에 던져진다.
그는 마땅히 눈으로 볼 수 없는 속의 것을 사랑해야 했다.

그래, 그렇다.
속은 정신과 마음이고, 속의 속은 그 영혼이다.
그것을 사랑하는 자는 그분을 사랑하는 거다.

그러면 쓸데없이 마음 아프진 않을 게다.

가장 높으신 분. 인간 영혼을 당신 닮게 만드셨다.

그래서 깊숙한 내부로 더 들어가야 한다.

그 자체를 보고 기뻐하게 만드셨다.°°

거기 당신 닮은 영혼 있기에.

그래서 지독한 미움은 뜨거운 사랑의 이면이다.

폭풍의 언덕. 비석조차 처량했다는

히스클리프의 불행도 사랑 때문이 아닐까?°°°

이소라의 노래 〈바람이 분다〉.°°°°

나를 폭풍의 언덕에 세운다.

그 언덕엔 메아리도 들리지 않는다.

°   G. W. 라이프니츠, 〈자유와 필연성에 관하여〉, 《자유와 운명에 관한 대화 외》, 이상명 역(서울: 책세상, 2011), 35.

°°   G. W. 라이프니츠, 〈선택에 있어서 필연성으로부터의 자유에 관하여〉, 《자유와 운명에 관한 대화 외》, 이상명 역(서울: 책세상, 2011), 47.

°°°   에밀리 브론테, 《폭풍의 언덕》, 김종길 역(서울: 민음사, 2010), 564.

°°°° 이소라 작사, 이승환 작곡, 〈바람이 분다〉(2004). 이소라 노래.

*

시장은 살아 있다.
긴 막대기. 줄에 쇠뭉치 매달렸다.
막대에는 눈금 표시가 있다.
손바닥만 한 크기의 쟁반. 상인이 팔 물건을 올려놓는다.
줄에 매달린 추를 이리저리 옮긴다.
막대기가 균형 잡을 때 가격이 나온다.

사랑의 감정도 그러하다.
꼭 어느 쪽으로 기울어지려고 한다.
결국 진짜로 기울어진다.
기울어지려는 게 사랑을 사랑하는 거다.
무언가 마음에 얹혔기에 기울어지는 거다.
그래서 사랑은 마음의 무게다.

단 하루도,
사랑 없이 사는 날은 없다.
참되게 사랑하지 않는 게 정신의 불구니,
그분의 낮게 하심이 필요하다.

이십 대 젊은이들이 죽는단다.
죽은 사람 둘 중 한 사람은 자살이란다.

그건 또 뭔가?

살아 있는 게 살기를 욕망하는 건데.

그러면 죽기를 욕망한 건가?

아니다. 죽고 싶은 게 아니다.

너무도 너무도 다르게 살고 싶었던 거다.

자기가 처한 현실과는 다른 삶을

죽을 만큼이나 살고 싶었던 거다.

그게 안 되니 그런 선택을 하는 거다.

셰익스피어가 그랬다.

두려움과 사랑은 비례한다고.

사랑이 크니 두려움도 크단다. 마음은 극단을 향하고,

티끌만 한 의심에도 큰 사랑은 근심한단다.°

° 비극 《햄릿》의 3막 2장에서 나오는 유명한 대사다. 햄릿의
어머니, 왕비가 말한다. "여자들의 두려움과 사랑이란 비례
하니, 양쪽 모두 비었거나 극단으로 치닫지요. 내 사랑이
어떤지는 증명으로 아실 테니, 내 사랑이 크니 두려움도 그러
하지요. 티끌만 한 의심에도 큰 사랑은 근심하고, 작은 근심
자란 곳에 큰 사랑이 자란답니다." 윌리엄 셰익스피어, 《햄
릿》, 최종철 역(서울: 민음사, 2005), 110.

아무도 사랑하고 싶지 않을 때가 있다.
그러나 사랑 없음을 사랑하는 건 아니다.
살아 있음이 이미 없기보다 있기를 좋아함의 증거기에.
알맞은 사랑의 대상을 찾아야 한다.
그러지 않으면 욕망은 갈 곳을 잃는다.
혼란과 어둠 속에서 방향을 잃는다.
질척한 욕망의 끈적임으로 자유를 상실한다.

눈물은 사랑이 샘솟게 한 거다.
후회와 고통의 눈물까지도.
사는 게 두렵던 어린 시절,
일체의 사랑이 없는 곳에 살기를 꿈꿨다.
그런데 그러고 싶은 것 자체가 사랑이니,
사랑을 떠나 어디로 도망친단 말인가?
살아 있는 것이 사랑함인 것을.

아무것도 사랑하지 않는다면 그것은 참사랑이 아니다.
오히려 사랑이 그 자체를 사랑하고 있다면
어떤 대상을 사랑해야 할 것이니,
참사랑은 사람을 사랑하게 한다.
이것이 사랑으로 그 자체를 사랑하는 것이다.
그 사랑이 그 자체를 사랑하는 것이 된다.

이 문장은 그때로 날 데려간다.
그래! 살아 있는 한 사랑하지 않을 수 없다.
아무것도 사랑하지 않는 것은 사랑이 아니다.

사랑은 하늘에 머물지 않는다.
거기 높은 데서 아래로 내려온다.
타인과의 올바른 관계를 갖게 한다.°
결국 사랑을 알고자 함은 살기 위함이다.
살아 있는 게 사랑하라는 거다. 외통수다.
피할 수도 없고 건너뛸 수도 없다. 살든지 죽든지.

이 문장을 외웠다.
그리고 자신에게 말했다.
기독교에 귀의하길 잘했다!
사랑 속에서 내 영혼 태어났다.
사랑하게 하셨으니 이것이 내가 살아 있는 이유다.

°   이마누엘 칸트, 《아름다움과 숭고함의 감정에 관한 고찰》,
    이재준 역(서울: 책세상, 2005), 29.

이웃을 네 자신과 같이 사랑하라고 하신다.°
그건 이웃을 위해서가 아니다.
그게 내가 사랑받는 길이기 때문이다.

성경은 자기를 사랑하라고 하지 않는다.
왜일까? 천하보다 소중하다면서.
사랑하는 자기가 올바르지 않은 자기라고?
그럼 사랑할수록 불행해질 거다.
올바른 자기라고?
이미 그분의 사랑을 받고 있는 거다.
벌써 행복에 이르렀다.
그러니 자기를 사랑하라고 할 필요가 없다.

타트 트밤 아시tat tvam asi.
산스크리트어로 네가 그것이다라는 뜻이란다.°°
그들은 가장 높으신 그분을 몰라도 알아챈 거다.
자신과 이웃이 한 몸이라는 걸.
사랑은 하나의 원천에서 왔다.
영혼은 그분의 사랑받기를 원하고
그분을 사랑하길 원한다.

그분을 사랑함이 사람을 사랑함이요,
사람을 사랑하는 게 사랑할 대상을 올바로 안 거다.

사랑함으로써만 참으로 사람이 되어가나니,
그래서 인간 승리는 사랑의 승리다.

한 사람으로 태어나서
수많은 사람에게 분에 넘치는 사랑을 받아도 외로울 수 있다.
그러나 한 사람이라도 끝까지 사랑하는 사람은 외롭지 않다.

왜일까?
사람 때문이 아니다.
사랑 때문에 그리 되는 거다.
사랑받은 사람은 기억 속에서 행복하다.
그런데 사랑하는 사람은 매 순간 행복하다.

○　　"둘째도 그와 같으니 네 이웃을 네 자신과 같이 사랑하라
　　　하셨으니"(마태복음 22장 39절).

○○　이 말은 《우파니샤드》에서 인용한 말이다. 헤르만 헤세는
　　　그것을 기독교적으로 해석했다. "이웃을 사랑하라, 이웃이
　　　바로 네 자신과 한가지이므로!" 헤르만 헤세, 《헤세, 사랑이
　　　지나간 순간들》, 송영택 역(서울: 문예출판사, 2017), 105.

내 어린 날.
이를 앙 다물고 아망을 떨었다.
내가 그랬다.
높으신 그분을 미워했으나
실은 사랑받고 싶었던 거다.
아아, 정말! 정말이었다.
나 자신이 그렇게 싫었으니
그 또한 내게 사랑받고 싶었던 거다.
외로운 줄 알았으나 어떻게 사랑할지 몰랐을 뿐이다.

오펜바흐 〈자클린의 눈물〉.
작곡가 오펜바흐가 죽은 후 발견되었다는 악보.
그것을 발견한 베르너가 그렇게 제목을 붙였단다.
첼로의 선율이 애잔하다.°
이 밤에 어울린다.
불운했던 천재 음악가 자클린 뒤 프레.
바렌보임을 사랑했단다.
그녀도 하늘에서 이 노래를 들으며 울었겠지?
영광의 정점에서 다가온 슬픔의 눈물이었던가?

알고 난 후.
그런 나와 화해했다.
내 사랑 지성의 품에 안긴 걸까?

골드문트. 나르치스의 품에서 꺼진 생명의 불꽃.

죽어가는 그의 마지막 말.

남겨진 친구의 마음에 불처럼 타올랐다.

무엇 때문이었을까?°°

그가 말했단다. 어머니가 없이는 사랑을 할 수 없는 법인데.

어머니가 안 계시면 죽을 수도 없어.

결국 골드문트는 자신의 죽음조차 우주적 사랑 속으로 들어

가는 것이라고 믿었던 걸까?

어머니 같은 사랑 안에서 태어나고,

그 사랑 안에서 사랑을 하고,

죽음으로 그 사랑 속에 들어간다고 믿었나 보다.

지성(나르치스)조차 초월하는 사랑의 세계로.

참으로 사랑을 사랑하는 건

°   자크 오펜바흐Jacques Offenbach 작곡, 〈자클린의 눈물〉(Les
    Larmes De Jacqueline). 베르너 토마스-미푸네Werner
    Thomas-Mifune 연주.

°° 헤르만 헤세, 《나르치스와 골드문트》, 임홍배 역(서울: 민음
    사, 2005), 478.

가장 높으신 분을 사랑하는 것이다.
그분이 사랑이시기 때문이다.°
옳은 것을 바르게 사랑하지 않는다고?
그것은 사랑을 사랑하는 게 아니니 이로써 불행하게 된다.

잔잔한 바다.
빠른 배에 푸른 물 갈라진다.
뱃머리에서 갈라진 물.
두 개의 물결이 되어 서로 반대편으로 달린다.
내 안에 있는 사랑이 물이라면
무얼 사랑하는 것은 파도다.
물 없이 파도 없다.

한 문장이 한 세계다.
내겐 이 문장이 그랬다.
사랑과 지성이 똑같다.
인식하는 자는 인식하는 지성 전체를 인식하는 거다.°°
그래서 무언가를 아는 거다.
사랑을 사랑하기에 누군가를 사랑하는 거다.

아아, 삶의 슬프고 어두운 구석이 여기 있었구나!
사랑을 사랑하되 그게 참사랑이 아니었구나!
알맞은 것을 바르게 사랑하지 않았구나!

장소적으로 버려진 외로움은 거길 벗어나면 된다.

그런데 심리적으로 버려진 고독은 벗어날 데가 없다.

무엇으로부터 버림받았는지 모르기에.

그걸 모르는데

소외에서 벗어나기 위해

어디로 향하고 싶다고?

과연 그 말을 믿을 수 있을까?

외로움은 선택하지 않은 고독이고,

고독은 스스로 선택한 외로움이다.

고독한 자는 벗어날 길도 찾는다.

찾아야지!

○   "하나님이 우리를 사랑하시는 사랑을 우리가 알고 믿었노니
하나님은 사랑이시라 …."(요한일서 4장 16절).

○○   "(무엇을 인식하는) 다른 지성을 인식하고 있는 것이 아니
라 바로 지성 자신이 인식하고 있는 것임을 안다. 그러므
로 알고자 할 때 (지성은) 알고자 하는 자신을 이미 알고 있
는 것이다." Augustinus, *De Trinitate*(10.3.5), *Corpus
Christianorum Series Latina*, vol. 50(Turnholti:
Brepols, 1968), 318.

그러나 갈 길 모르니 이 사람은 이것을,
저 사람은 저것을 길이라고 여긴다.
그래서 쾌락에 자신을 던지는 방탕조차 종교적인 것이다.

난 더 이상 외롭지 않다.
고독하나 두렵지 않다.
때로는 고독이 되러 달콤하다.
그는 내게 많은 것을 가르쳐주었다.
그중에서 가장 소중한 가르침 한 가지만 꼽으라면 말하겠다.

인간은 엄숙하도록 존귀하다.

내가 엄숙하기까지 존귀하단다.
사람이기 때문이란다. 또 나이기 때문이란다.°
그럼 모든 인간이 그렇지 않겠는가?
존엄하게 살지 못할 때조차도
인간은 여전히 존엄하니,
스스로 존귀해서가 아니라 그분이 사랑해서란다.

인간은 가장 높으신 분을 닮았다.
인간이 존엄한 건 그분과 닮은 영혼을 가졌기 때문이다.
정신과 마음은 그 영혼의 기능이다.

사랑하는 베아트리체의 손에 이끌려
천국에 올라간 단테가 그랬다.
가장 높으신 분은 당신을 닮은 것을 기뻐하신다고.
만물 위에 고루 비치는 불꽃은
그분과 비슷한 것에서 빛난단다.°°

미움을 당한 자보다
미워하는 자가 더욱 불쌍하다.
마음 안에서 먼저 자신을 미워했기 때문이다.

° 불교의 견해는 다르다. 고유한 자아의 존재를 믿는 것이 윤회
의 원인이라고 본다. "그렇다면 윤회의 원인이 무엇일까요?
그것은 '나'라는 존재에 대한 믿음 때문입니다. 자신이 어떤
고유하고 남다른 방식으로 존재한다는 믿음 때문입니다."
게셰 톱텐 룬둡, 〈모기는 전생에 나의 어머니〉,《공부하다
죽어라》, 청아, 류시화 역(서울: 조화로운삶, 2008), 132.

°° "불사·자유·신의 모습, … 이들 중 하나라도 결여되면 인간은
고귀함을 잃게 되리라. … 부정한 쾌락을 정의로 벌하고 죄
에서 비롯된 공허를 채우지 않는 한 인간은 품격을 되찾을
수 없으리." 단테,《신곡》천국편(7.73-84), 번역은 이마미
치 도모노부,《단테 신곡 강의》, 이영미 역 (파주: 안티쿠스,
2010), 484에서 재인용함.

스스로 존엄한 자신을 먼저 버렸기 때문이다.
왕관 대신 여물통을 뒤집어쓴 거다.

폭행을 당한 사람보다
폭력을 행한 사람이 더 비참하다.
마음 안에서 그가 먼저 폭행당했기 때문이다.
제왕의 용상을 버리고 돼지우리에 누운 거다.
엄숙하리만치 존귀함을 버린 거다.

나는 누구인가?
그대가 누구냐고 묻지 마라.
어디 있느냐고?
우주 어느 공간에 있지 않다. 네 마음에 있지도 않다.
사람들 속에 있는 그대가 너다.
그토록 찾았건만 여기 있다. 나는 사람들 속에 있다.
사랑하는 게 없으면 사랑도 없는 거다.

쫘악. 촤악!
그의 글. 한 문장이
잠든 내 영혼의 등짝을 죽비竹篦처럼 때린다.

사랑이신 하나님을 끌어안고
사랑으로 하나님을 포옹하라。

보이는 사람 사랑하며 보이지 않는 그분의 사랑을 배운다.
볼 수 없는 그분 사랑하며 볼 수 있는 사람 사랑을 배운다.

사랑 없이 어찌 행복에 이르겠는가?
인류를 사랑하는 건 힘들지 않다. 어차피 추상명사니까.
그러나 한 사람을 끝까지 사랑하는 건 쉽지 않다.
사랑할 힘이 필요하다.
그 힘을 은혜라고 부르니,
이는 하나님 사랑의 감화다.
그 감화로 사랑할 수 없는 사람조차 사랑한다.
자신이 완성되어가고 타인도 완성해간다.
아아, 인간의 행복! 거기 있는 거다.

졸졸졸.
계곡에서 물이 흐른다.
위에서 아래로 흘러가는 물은 만나는 모든 것과 부딪힌다.
큰 바위는 돌아가고 작은 돌은 스쳐 간다.
가로막힌 곳에서는 기다리고, 넘치면 넘어간다.
작고 하얀 포말泡沫 수없이 만들며 숲속을 달려 내려간다.

깊은 밤.
〈성금연류 가야금 산조〉를 듣는다.
자진모리에서 휘모리 장단으로 넘어간다.°°

166

물들이 바위에 부딪힌다. 폭포가 된다.
우루루루루루 쏴아!
함성을 지르며 천길 계곡으로 떨어진다.
그리고 떨어진 물은 말이 없다 ….

현악기의 줄소리는 슬프다.
슬픈 소리가 사람을 정직하게 한다니 더욱 듣기가 좋다.°°°

사랑은 흐르는 물과 같다.
물처럼 마음은 끊임없이 움직인다.
쉼 없이 사랑할 대상을 찾는다.

°   "사랑이신 하나님을 끌어안고 사랑으로 하나님을 포옹
    하라"(*Amplectere dilectionem deum et delectione
    amplectere deum*) Augustinus, *De Trinitate*, 8.8.12.

°° 〈성금연류 가야금산조〉 가야금: 지성자, 장구: 최우칠.

°°° "현악기의 줄소리는 슬프니 슬픈 소리는 사람으로 하여금
    청렴 정직하게 하며 청렴 정직하면 포부를 확립하게 되니
    군자가 금슬의 소리를 들으면 포부가 굳건한 의로운 신하를
    생각하게 됩니다." 작자 미상, 〈위문후〉,《예기·악기》, 한흥
    섭 역(서울: 책세상, 2007), 62.

바위처럼 되기를 바라지 말라.
아무도 사랑하지 않는 건 자신조차 사랑하는 게 아니다.
사랑받음으로가 아니라 사랑함으로 행복하게 된다.

배우는 게 좋다.
밤은 깊고 찻잔은 비었다.
아아, 가엾은 바이런!

7

＊

늦게야 사랑하게 되었습니다

＊

오랜 방황. 긴 터널 끝에서.
그래, 그렇게 그분을 만났다.
사는 것이 죽는 것보다 힘들었던 때.
없어지는 것이 남아 있는 것보다 쉬웠던 때.
나를 살게 한 건 운명보다 모진 그 무엇이었다.
영원한 사랑에는 운명이 없다.
너무 빠른 이별이 없듯이 너무 늦은 사랑도 없다.
사랑하기엔 인생이 너무 짧다는 것 말고는.

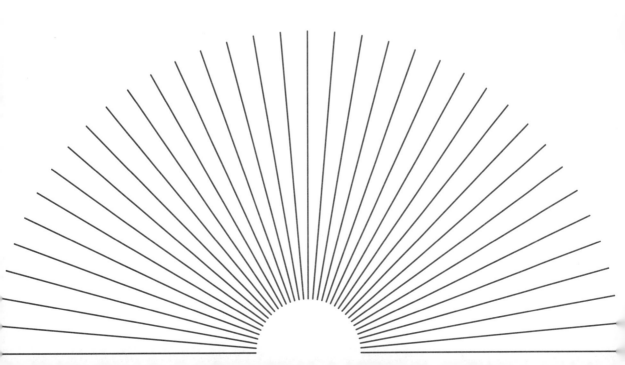

*

내가 늦게야 당신을 사랑하게 되었나이다.
이처럼 오래된 그러나 또한 이처럼 새로운 아름다움이시여!
이제야 당신을 사랑하게 되었나이다.

*Sero te amaui, pulchritudo tam antiqua et tam noua,
sero te amaui!*

아우구스티누스, 《고백록 *Confessiones*》, 10.27.38

짹짹 째~액.

지붕에서 새가 울고 있다.

새가 그리도 슬피 우는 걸 처음 본다.

참새보다는 크고 제비보다는 작다.

처마 끝에서 새끼 새가 떨어졌다.

친구들과 함께 방에 데려왔다.

상자에 넣고 망사 천으로 덮어줬다.

물도 주고 좁쌀도 줘봤다.

새끼 새는 먹지 않았다. 그냥 울기만 했다.

그 소리 듣고 어미 새가 나타난 거다.

어미 우는 소리 듣자 더욱 구슬피 울었다.

모두 근심스러운 눈빛이다.

우린 서로 얼굴을 쳐다봤다.

조금 전까지 다친 새를 구조한 의로움에 뿌듯했다.

그런데 갑자기 큰 죄를 지은 것 같았다.

내가 말했다.

애들아, 엄마 새 왔다. 돌려주자!

그래! 보내주자.

초등학교 3학년 때.

그 사건은 어린 마음에 들려온 어른스러운 울림이었다.

으응, 사랑은 많이 그리워하는 거구나!

아우구스티누스의 《고백록》.
난 이 책을 백이십 번쯤 읽었다.
읽을 때마다 늘 마음 녹이는 문장이 있다.

내가 늦게야 당신을 사랑하게 되었나이다.
이처럼 오래된 그러나 또한 이처럼 새로운 아름다움이시여!
이제야 당신을 사랑하게 되었나이다.

그때마다 백파이프 소리가 들린다.
나 같은 죄인 살리신 그 은혜 놀라워.
나 처음 믿은 그 순간 귀하고 귀하다.
잃었던 생명 찾았고 광명을 얻었네.°

젊은 날의 나나 무스쿠리Nana Mouskouri가 부른
〈어메이징 그레이스〉를 들려준다.
흰 눈 뒤덮인 날,
먼 길 걸어와 고향 집 화로 곁에 앉은 듯하다.

아우구스티누스의 생애를 영화로 만든다고 생각해보라.
포스터를 만들겠지?
이 문장이 메인 카피가 될걸.

내가 늦게야 당신을 사랑하게 되었나이다.

싫은 사람과는 언제 헤어졌어도 너무 늦은 거다.
좋은 사람과는 언제 만났어도 너무 늦은 거다.
헤어지는 사람은 미움 때문에,
함께 있는 사람은 사랑 때문에 너무 늦은 거다.
그만큼 그가 님을 사랑했던 거다.

그는 외로웠다. 부귀영화를 싫어하진 않았다.
그러나 마음 다해 그걸 잡을 생각도 없었다.
오죽했으면 그분 품에 돌아오기 전까지
마음에 안식이 없었다고 했겠는가?°°

○ 우리말 찬송가 305장(Amazing Grace)의 가사다. 노예
상인에서 회심하여 목회자가 된 존 뉴턴(J. Newton, 1725-
1807)이 1779년에 작사했다.

○○ "당신을 기림으로써 즐거워하라 일깨워주셨으니 당신을
위해 우리를 지으셨기에 당신 안에 쉬기까지는 우리의 마음
은 안식이 없나이다"(*Tu excitas, ut laudare te delectet,
quia fecisti nos ad te et inquietum est cor nostrum,
donec requiescat in te*). Augustinus, *Confessiones*, 1.1.1.

그는 더 좋은 결혼을 바랐던 어머니의 뜻을 따랐다.
사랑했던 여인을 아프리카로 보내버렸다.
명망가의 딸과 결혼을 약속했다. 하지만 그녀가 법정 결혼
연령을 채우기까지 못 기다렸다. 외도를 했다.

성적 탐욕에 빠졌다.
갈 곳을 잃은 사랑이 미친 기운이 된 거다.
그래서 우정조차 더럽혔다고 고백했다.°
욕망에 시달린 삶. 얼마나 고달팠을까?

사랑 때문에 불행해진다.
사람은 사랑할 힘을 갖고 태어났다.
하지만 그 힘을 올바르게 할 능력은 없다.
그래서 불행해지는 거다.
그의 젊은 시절이 그랬다.

파도가 갈라진다.
푸른 해변에 배 한 척이 달린다. 모터보트다!
양쪽으로 흰 거품 뿜어낸다.
치카치카, 어린애 양치할 때처럼.
엄청난 출력으로 질주한다. 뱃머리가 높이 들린다.
그런데 갑자기 방향타가 망가졌단다.
어찌 될까?

청소년 시절. 책 읽기가 좋았다.
그런데 읽기 두려운 책이 있었다. 사랑 이야기 나오는 거였다.
읽고 난 후를 감당할 수 없어서였다.

토머스 하디의 《테스》를 읽었다.°°
밥도 먹을 수 없었다. 잠도 잘 수 없었다.
며칠이 지났다.
아름답고 순결한 테스. 그녀에 대한 연민 때문에 울었다.
눈물로 얼룩진 국어 공책.
주인집 아들에게 순결을 짓밟혔다.
그 가냘픈 손으로 알렉을 죽였단다.
테스의 사형을 알리는 검은 깃발이 올라간다.
이 세상에 항거하고 싶었다.
테스를 죽이지 마!

°   "사랑하고 사랑받음이 내겐 달콤했으며, 사랑하는 이의 육
체를 누린다면 더욱 그러했습니다. 그리하여 우정의 시냇물
을 정욕의 진흙으로 더럽히고 그 빛나는 맑음을 욕정의 지옥
으로 덮어버렸으니…". Augustinus, *Confessiones*, 3.1.1.

°°   토머스 하디, 《테스 1·2》, 정종화 역(서울: 민음사, 2010).

어린 내 마음은 이런 이야기에 피가 나도록 쓸렸다.
여린 살. 사랑의 칼날로 도려내고
슬픔의 소금을 뿌렸다.
현실의 슬픔이 클수록 가상의 슬픔이 좋았다.
그때 내 마음은 무슨 심리였을까?

아우구스티누스.
오레스테스와 친구 필라데스의 비극을 봤단다.°
그때 어쩌면 울면서 집으로 돌아갔을지도 모른다.
그때 내 마음이 그의 마음 같았을까?°°

바버의 〈현을 위한 아다지오〉가 날 그 길로 데려간다.°°°
울며 집으로 돌아가는 그의 곁으로.
사랑 이야기에 울먹이는 나.
우정 이야기에 흐느끼는 그의 어깨에 손을 얹는다.
울지마! 울지마!

그런 사랑 이야길 읽으면
한없이 빠져들어 갔다. 나를 잊었다.
읽기가 끝나면 다시 나로 돌아와야 했다.
그게 너무 슬펐다.
그런 읽기는 몸을 긁는 것 같았다.
긁다가 살갗이 벗겨져 피가 났다.

없는 사랑에 대한 그리움에
있는 현실은 더 낯설어져 갔다.

여섯 해 방황이 끝나가던 때.
더 이상 소설을 안 읽기로 했다.

○ Augustinus, *Confessiones*, 4.6.11. 오레스테스Orestes와 필라데스Pylades 이야기의 대략은 다음과 같다. 오레스테스는 미케네의 왕 아가멤논과 클뤼타임네스트라 사이에서 태어난 아들이다. 그는 신탁에 따라 누이 엘렉트라와 오래된 절친 필라데스와 함께 자신의 아버지를 죽인 어머니와 그녀의 정부 아이기스토스를 죽여 복수한다. 그러나 복수의 여신들의 저주에 시달리게 된다. 이 저주에서 완전히 풀려나기 위해서는 아르테미스 신전에서 여신상을 훔쳐와야 했는데, 목숨을 건 친구 필라데스와 누이 이피게네이아의 도움으로 성공하게 되고, 그 후 미케네로 돌아와 원수를 죽이고 왕권을 되찾는다. 에우리피데스, 〈오리스테스〉, 《에우리피데스 비극 전집 1, 2》, 천병희 역(고양: 숲, 2011) 참조.

○○ "그때 나는 참으로 비참했으니 이는 내가 슬퍼지기를 좋아했고 … 곧 지어낸 극장의 슬픈 이야기가 나올 때는 그게 내 마음을 더 강하게 끌었고 나는 그 만큼 더 눈물을 쏟았습니다" Augustinus, *Confessiones*, 3.2.4.

○○○ 사무엘 바버Samuel Baber 작곡, 〈현을 위한 아다지오〉 (Adagio for Strings, 1936).

소설은 인생의 의문점들을 수없이 던져줬다.
하지만 답은 주지 않았다.
온 마음을 이리저리 굴리는 감정놀이에 힘겨웠다.
그 소리가 그 소리.
유치해 보이기까지 했다. 그래서 관뒀다.
마치 중학생이 되고 나서 딱지치기 싫어진 것처럼.

그때 한 작가를 만났다.
그것도 안 읽겠다던 소설로 말이다.
톨스토이였다.《부활》이었다.

소설 나부랭이에 어린 가슴 피 흐르던 시절.
톨스토이는 내게 사랑하는 것에 대해 가르쳐주었다.
그때 난 사랑받는 것도 사랑하는 것도 다 사랑인 줄 알았다.
알고 보니 둘은 다른 거였다.
욕망 너머에 있는 무언가를 보여주었다.
새로운 사랑이었다. 그건 또 영원이었다.
거기서 도덕이 나왔음을 어렴풋이 알게 됐다.

사랑받는 게 아니라 사랑함으로 행복하게 된단다.
불륜을 꿈꿨던 푸른 말馬의 시인.
사랑하였으므로 행복하였네라.°
신선처럼 말하기 좋아했던 철학자 세네카.

사랑받고 싶으면 사랑하란다.°°
다 거기서 나왔나보다 했다.

톨스토이는 이타적 사랑에서 삶의 의미를 찾으라고 했다.
사람들은 그 이야기를 듣고 싶어 했다.
여러 나라에서 그 사람들이 왔단다.
그래서 그의 집에는 식객이 그치지 않았단다.

확실히 깨달은 게 있었다.
인생의 문제.
상열지사相悅之事의 사랑놀이로는 해결될 수 없는 거였다.
하지만 그땐 그 이상의 사랑을 찾을 수 없었다.

°   유치환, 〈행복〉, 《유치환 시선》(서울: 지식을만드는지식,
     2012), 86-87.
°°   "만약 그대가 사랑받고 싶다면 (남을) 사랑하라"(si vis
     amari, ama). 세네카가 친구 루킬리우스에게 보낸 편지 가
     운데 인용했던 말이다. Seneca, "L. Annaei Senecae ad
     Lucilium epistulae"(9.6), The Loeb Classical Library,
     vol 75, trans. Richard M. Gummere(Massachusetts:
     Harvard University Press, 2006), 44-45.

그래서 내 마음은 눈물을 양식 삼아야 했다.
그렇게 내 영혼은 파리해져 가고 있었다.

*

새벽이다.
밤새 책을 읽었다.
미처 해 뜨지 않은 벌판. 집 뒤뜰에 서서 바라본다.
소리 내며 기지개를 켠다.
담배에 불을 붙인다. 연기를 내뿜는다.

회색 연기는 새벽 안개 속으로 사라진다.
물 위에 흩어지는 회색 물감처럼.
깊이 들이마신 연기.
작은 폐포 구석구석까지 간다.
무얼 실어나르는지.
얕은 현기증과 함께 온 나른함에 기분이 좋다.

생각 많을 때 내 옆에 바싹 다가온 놈. 담배였다.
이 녀석도 퍽이나 외로웠나?
혼자 피식 웃는다.
외로울 때 낯짝도 안 보이는 친구보단 낫네.

아직 항구에 도달하진 않았다.
폭풍지대를 벗어나는 배 같았다.
여전히 출렁거리는 물결은 뱃머리를 흔들었다.
쓰라릴 사랑에 마음 흐리기 싫었다.
슬픈 노래 부르던 가수. 박새별도 너무 아픈 사랑은 사랑이
아니라고 하지 않았던가?°
나는 길까지 아주 잃지 아니하였다.
고상해진 건 아니었다.
감정에 휘둘려 피 흘리기 두려워,
내 마음 잠시 가라앉혔었다는 거다.

밤마다 톨스토이의 《인생론》을 읽었다.
소설 읽을 때 안 하던 짓이었다. 책에 줄을 긋다니.
아마도 밀라노에 있던 아우구스티누스 같지 않았을까?
그는 암브로시우스의 설교에 귀 기울였다.
하지만 기독교에 귀의하기를 머뭇거렸다.

°   류근 작사, 김광석 작곡, 〈너무 아픈 사랑은 사랑이 아니었음
을〉(1994). 박새별 노래.

내 마음도 그처럼
이방인의 뜰 같은 교회 마당을 서성이고 있었다.

타다닥. 탁탁.
나무 조각들이 톱밥과 함께 탄다.
손바닥만 한 방.
난로는 시멘트 벽에 둘러싸여 있다.
녹슨 난로통엔 톱니 모양의 바람 구멍들.
이빨 빠진 것 같다.

새끼손가락만치 가느다란 형광등.
천장에 달려 있다. 몇 개가 깜박거린다.
빛을 내기 힘겨운가 보다.
양쪽 끄트머리 까맣게 멍이 들어 있다.
그 공간엔 색깔과 빛깔도,
내가 좋아할 만한 아무것도 없었다.

삐그덕 삐그덕.
저 앞쪽 작고 높은 창문 아래.
누군가 풍금을 친다.
그 반주에 맞춰 늙은이들 틈에서
젊은이들 몇이 찬송을 부른다.

나 주를 멀리 떠났다 이제 옵니다.
나 죄의 길에 시달려 주여 옵니다.
나 이제 왔으니 내 집을 찾아
주여, 나를 받으사 맞아주소서.

이건 또 뭔 일인가?
논둑길에서 앙다물던 이빨. 없어진 듯했다.
오히려 틀니 빼놓은 노인 마냥 일그러진 입이 됐다.

그의 말대로다. 내 눈물의 강둑이 터졌다.
그의 말마따나 줄기찬 눈물의 소낙비를 실은
대폭풍이 일어났다.° 비록 나 큰 소리 내지 못했을지라도.

°   "이 깊은 묵상이 나의 존재의 비밀스러운 심연으로부터
    그 비참함을 끄집어내어 내 마음의 눈앞에 쌓아 놓자, 큰
    폭풍이 내 안에서 일어났고 큰 눈물의 소낙비를 몰고 왔
    나이다"(*Vbi uero a fundo arcano alta consideratio
    / traxit et congessit totam miseriam meam in
    conspectu cordis mei, oborta est procella ingens
    ferens ingentem imbrem lacrimarum*). Augustinus,
    Confessiones, 8.12.28.

옛말에 우는 사람이 아는 사람이라고 하지 않았던가?
그토록 무서워했던 밤하늘이 그리웠다.
아무도 없는 곳에서, 나 혼자 울고 싶었기에.
내가 처음 믿은 순간이었다.

소년은 청년이 됐다.
그때도 울었고 저 때도 울었다.
그때는 내가 홀로 있어서 울었고
저 때는 그분과 같이 있어서 울었다.

아무도 사랑할 수 없던 때,
눈을 뜨기보다 감고 있기를 좋아했다.
웃기보다는 울기에 익숙했다.
그것들이 정말 좋아서가 아니었다.
내가 누군지를 확정할 수 없어서였다.
큰 파도에 흔들리는 배.
갑판 위에 물건들. 어찌 제 자리에 있을 수 있겠는가?

내 인생은
닻 끊어진 배 같았다.
바다로 나가지도 못하고 해안에 정박하지도 못했다.
세상의 바다와 하늘의 육지 사이에서 떠다녔다.

내게는 어려서부터 습관이 있었다.
소리 내서 울지 못하는 거였다.

지난날의 내게 물어보았다.
왜 그랬니?
시무룩. 고개를 숙인다.
나도 모르겠어.
머리 숙인 채 발로 땅만 판다. 운동화가 낡았다.
또 물어본다.
왜 그랬어? 잘못한 것도 없으면서.
숙인 고개 들 듯 말 듯, 턱을 약간 내민 채 고개 가로젓는다.
단정한 상고머리에 우윳빛 두 뺨.
오른쪽 긴 속눈썹 옆에 점 하나.

아아! 가엾은 것.
포옥 안으니 내 넓은 가슴 반쪽에 다 들어온다.
그런데, 왜 이렇게 말랐어?

울어야 할 때,
그냥 가족들이 듣지 못하게 조용히 흐느꼈다.
왼손으로 입을 가리고 울었다.
소리가 나면 입을 꼭 막았다.
목청이 울리지 않게 숨만 새나가도록 울었다.

왜 그랬을까? 내 설움 남에게 들키기 싫어서였다.

그때 작은 예배당에서도 그랬다.
태어나서 생전 처음 진짜 기도를 드렸다.
포달을 떨며 앙심까지 품었던 그분께.
너무나 멀리멀리 돌아서 이제 왔나이다!

내가 늦게야 당신을 사랑하게 되었나이다.

이 문장은 그날 밤의 예배당으로 날 데려갔다.
그는 폰티치아누스의 이야기를 들었고,°
나는 아우구스티누스의 문장을 읽었다.
그는 회심하던 숙소의 정원에서 울었고,

°   폰티치아누스Ponticianus는 아프리카 출신으로 그와 같은
고향 사람이었다. 궁중 시위대에서 높은 지위를 가진 사람이
었는데 아우구스티누스의 자택에서 만나 이집트 동방교회
수도사 안토니우스(Antonius, 250-356)의 이야기를 들려
주었다. 그것을 계기로 아우구스티누스는 회심에 이르게 되
었다. 그의 《고백록》(8.6.14-8.7.18)을 참고할 것.

나는 기억 속의 작은 예배당 구석에서 울었다.

사랑은 추억을 담은 바구니 같다.
추억이 사라지면 사랑도 없다.

첫 키스.
기억 못할 자가 누군가?
그 얼굴 너무 눈부셔 눈을 감지 않았던가?
그날의 공기 빛깔과 소리 색깔까지 기억한다.
외딴 강에 뼛가루로 뿌려질 때까지.

오랜 방황. 긴 터널 끝에서.
그래, 그렇게 그분을 만났다.
사는 것이 죽는 것보다 힘들었던 때.
없어지는 것이 남아 있는 것보다 쉬웠던 때.
나를 살게 한 건 운명보다 모진 그 무엇이었다.
영원한 사랑에는 운명이 없다.

너무 빠른 이별이 없듯이 너무 늦은 사랑도 없다.
사랑하기엔 인생이 너무 짧다는 것 말고는.

이 문장이 날 데려간 그 기억이 좋다.

창문을 연다.

먼 산 위에 안테나 하나 우뚝 서 있다.

누구의 연락을 기다리는 것일까?

림스키코르사코프의 〈우리 아버지〉의 선율에

내 마음을 눕힌다.°

토닥 토닥 토닥….

°　니콜라이 림스키코르사코프Nikolay A. Rimsky-Korsakov 작곡,
〈Our Father〉(1883). 피터즈버그 챔버 콰이어St. Peters-
burg Chamber Choir 연주.

8

*

찾으면 발견하리라

*

모두들 혼자다.
하지만 그분을 찾기에 외롭지 않다.
찾게 하시는 분이 만나주시기 때문이다.
기다려야 할 이가 있는 사람은 외롭지 않다.
멀리 갔어도 같이 있기 때문이다.
찾아갈 힘 또한 주시옵소서.
……
불 꺼진 방에 혼자 있다.
이제는 무섭지 않다. 그때처럼 울지 않는다.

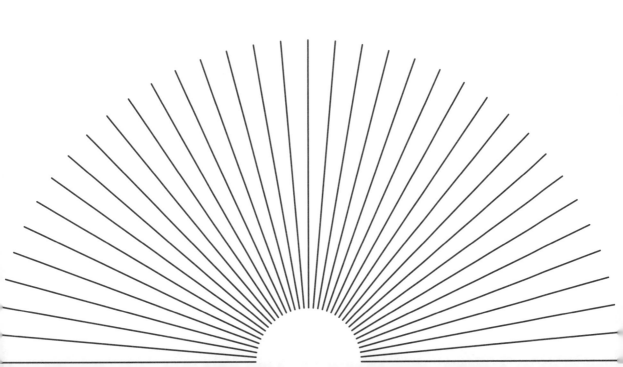

*

당신 스스로 우리에게 발견되게 하셨고,
우리가 당신을 찾으면 찾을수록 더 많이 발견하게 되리라는
희망을 주셨사오니 또한 그렇게 찾아갈 힘을 주소서.

*Tu da quaerendi uires, qui inueniri te fecisti et magis
magisque inueniendi te spem dedisti.*

아우구스티누스, 《삼위일체 *De Trinitate*》, 15.28.51

따뜻한 햇살이 내린다.
정원 딸린 베이커리 커피숍.
젊은 여자 셋이 수다를 떤다.

그 집 가봤어?
와! 정말 맛있어.
여태까지 먹어본 음식은 그 메뉴에 대한 모독이었어.
비주얼도 장난이 아니고, 씹히는 식감이.
우아! 두 시간 줄 선 게 후회가 안 되더라고.

으응, 맛집 이야기였구나.

신앙이 그런 거다.
맛본 사람이 안다.
단지 머리로 좋다고 설득된 사람은 머리로 버린다.
오죽하면 그분의 선하심을 맛보아 이해하라고 했겠는가?°

기독교 역사에서 가장 유명한 책.
하지만 거의 안 읽히는 책이 있다.
심지어 신학생도 목회자도 거의 안 읽는 책이다.
매우 어렵단다.
아우구스티누스의 《삼위일체》다.°°

어느 대학원에서 읽혔는데 학생들이 말했단다.
하아, 교수님! 이게 기호 모음집이지, 책입니까?

그러나 내게는 그렇게 가슴 먹먹하게 하고,
많이 울게 한 책은 없다. 《고백록》을 제외하곤.
기독교의 웅장한 세계관을 내게 보여준 책이다.

젊어서 쓰기 시작했는데 늙어서야 출판하게 되었단다.°°°
그답다. 위대한 저작의 마지막을 간절한 기도로 맺는다.

당신 스스로 우리에게 발견되게 하셨고,
우리가 당신을 찾으면 찾을수록
더 많이 발견하게 되리라는 희망을 주셨사오니,
또한 그렇게 찾아갈 힘을 주소서.

《삼위일체》를 베토벤 교향곡 5번 〈운명〉에 비유할까?
그러면 이 문장은 마지막 4악장 끝부분이다.°°°°
빠빠빠 빠밤 빰~

다섯 달 동안 읽은 책.
그 문장을 낭송하면서 책을 덮었다.

하나님이 정말 있습니까?

인생살이가 고달팠나 보다.

신자도 아니면서 상담을 해달란다.

신이 있다면 믿고 싶단다. 내게 묻는다.

어떻게 신이 있는지 알 수 있나요?

불쌍했다. 그냥 보내면 오래 못 살 것 같았다.

이제 그가 간다. 떠날 때 한마디 보탰다.

하나님께 직접 물어보세요. 진짜 계시냐고.

○ "너희는 여호와의 선하심을 맛보아 알라 그에게 피하는 자는 복이 있도다"(시편 34편 8절). 여기서 "맛보아 알라(טַעֲמוּ וּרְאוּ)"는 음식을 맛보듯이 그분의 선하심을 경험적으로 앎으로써 무지에서 깨어나라는 것이다. Ludwig Koehler, Walter Baumgartner, *The Hebrew and Aramaic Lexicon of the Old Testament*, vol. 2, trans. M. E. J. Richardson(Leiden: Brill, 2001), 1157-1160.

○○ 가톨릭과 개신교에서 모두 하나님에 대한 신앙의 규범으로 삼는 책이다. 삼위일체 하나님에 관한 정통신앙을 잘 대변해준다.

○○○ "하나님이시며 지존하시며 참되신 삼위일체에 관하여 제가 젊을 때 책을 쓰기 시작했는데 늙어서야 나오게 되었습니다" Augustinus, *De Trinitate*, Prologus.

○○○○ 루트비히 판 베토벤 작곡, 〈교향곡 제5번 운명〉(Symphony No. 5, 1808). 빈 필하모니 교향악단Wiener Philharmoniker 연주.

꼭 대답해주십니다.
불과 몇 주 만에 그는 신앙을 갖게 됐다.

기독교에 귀의하다.
난 이 말이 예수 믿는다는 말보다 좋다.
뭔가 있어 보이지 않나?
신앙이 단지 심리와 기분의 문제가 아닌 걸 말해주지 않나?
인생의 방향을 바꾸다. 삶 전체를 기울이다.
그런 아우라가 느껴지지 않는가?°

하나님을 알고 싶은가?
자신과 인생 전체를 거기에 연관시켜야 한다.
그러지 않으면 모두 허위다!
그래서 단지 믿는 자는 뭘 모를 수 있어도
귀의한 자는 뭘 아는 자다.
믿어도 귀의하지 않는 이는 있으니
참으로 귀의한 자가 진짜 믿은 자다.°°

먹고 즐기는 일에 코 박은 사람들.
귀의라는 단어조차 생소할 게다.
귀의할 데 없어 힘들게 살면서.
그런데 신앙의 세계를 본 자는 안다.
믿는 자가 아는 자다.

아는 자가 사랑하는 자다.
아는 자가 믿는다. 모르는 걸 믿을 순 없지 않은가?
꼬리를 무는 선문답 같은 이 이야기의 실마리가 있다.
바로 이 문장이다.

기독교가 경전으로 삼는 책이 성경이다.
그 책은 성찰하고 알도록 촉구한다. 알려 하라고 한다.
배우란다. 들으란다. 그분이 가르치시겠단다.

존재가 무엇인가?
이것은 사는 게 무엇인가? 보다 앞선 질문이다.
이슬람보다 오히려 기독교 세계의 지성을 일깨웠던 사람
아베로에스가 말한다.

○   "삼위일체를 관상하고 사랑하려면 살아 있는 인간이 그를
    상기하고 관상하고 사랑하는 데 자기 전체를 연관시키지 않
    으면 안 된다." Augustinus, *De Trinitate*, 15.20.39.

○○ "신학의 궁극적 관심사는 인간으로서 하나님 앞에서 '잘 사
    는 것'입니다. … 이것은 필연적으로 인간의 삶에 대한 기독
    교의 전포괄적 관점을 받아들인다는 것이었습니다." 김남준,
    《인간과 잘 사는 것》(서울: 생명의말씀사, 2015), 31.

그게 경전이 명하는 바란다.
존재에 대해 탐구하고 반성하라고 말한단다.
고귀하고 가장 높으신 분과
창조된 모든 사물에 대해 지식을 가지란다.°

푸른 풀밭.
뒤뚱뒤뚱 어린 아가가 걷는다.
바로 앞 나무 뒤에 엄마가 숨었다.
엄마는 금세 기둥 같은 큰 나무 옆으로 고개를 내민다.
아가에게 발견되기 위함이다.
숨으면서도 발견되고 싶어 한다.
엄마 찾는 귀여운 모습을 보기 위함이다.

엄마가 어딨을까? 궁금하다.
왜 안 보이지? 불안하다.
어디 갔어? 무섭다.

°   아베로에스, 《결정적 논고》, 이재경 역(서울: 책세상,
     2005), 17.

없어진 거야? 울음을 터뜨린다.
하늘 향해 벌린 입 안에 목젖이 보인다.

아가야, 엄마 여기 있네!
엄마가 달려와 안아줄 때 아이 더욱 서럽게 운다.
늦은 오후 햇살에 엄마와 아이의 정이 깊어간다.
아이들은 그렇게 자라가는 거다.

아우구스티누스. 내 인생의 제일 큰 스승이다.
죽어서도 그를 만난 건 못 잊을 게다.
그는 아이 같은 내 손을 꼭 잡아주었다.
기독교에 귀의하는 게 무엇인지 알려주었다.
너무 늦게야 그를 만났다.
진리를, 친절하고 위엄 있게 가르쳐주었다.
플라톤을 읽으면서 인간으로 태어난 게 감사했다.
아우구스티누스의 덕분이다. 왜냐하면 먼저 그를 통해,
기독교에 귀의한 게 감사한 줄 알았기 때문이다.
내가 왜 존귀한 존재인지 가르쳐주었기 때문이다.

무한하신 하나님.
유한한 인간에게 발견되고 싶으셨단다.
찾아올 능력이 없는 우리 위해
발견될 듯 숨으셨단다.

사랑하셨기에 숨으실 듯 발견되게 하셨단다.
발견되는 것만큼 사랑하고
사랑하는 것만큼 행복하게 하셨단다.

인생은 양쪽이 절벽인 외길 걷기다.
없는 걸 있는 줄로 여기고 있는 걸 없는 줄로 알기에,
굴러떨어지지 않게 하려고 당신을 찾게 하셨다.
찾는 자에게 발견되게 하셨다.
쉽게 발견할 땐 감사하고, 힘겹게 발견할 땐 겸손하게 된다.
당신 찾음에 쉬움과 어려움을 함께 주셨다.

잘 아는 젊은 여성이 운다.
콧등 타고 흐르는 눈물을 휴지로 닦는다.
이혼하고 싶단다. 기독교 신자인데….
내가 물었다. 왜?
더 이상 살 수가 없단다. 절망적이란다.
내 남편이 누군지 모르겠어요. 알 수가 없어요.
그래, 미운 놈하고는 살아도 모르는 놈하곤 못 살지.

내가 물었다. 알려고는 해봤고?
격하게 고개를 끄덕인다. 두 눈에 눈물 가득하다.
천장 향해 고개를 든다. 찰랑찰랑 가득 찬 물잔 들어 올리듯이.
실패했다. 결국 두 줄기 눈물이 양 뺨으로 흐른다.

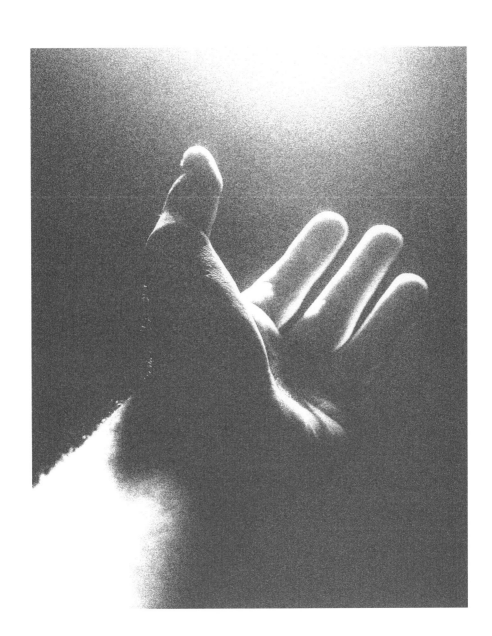

다시 물었다. 사람을 어떻게 알게 되는데?

눈물 씻고 내 눈을 본다. 대답을 기다리는 거다.

사랑하는 게 아는 길이란다.°

남편에게 파브르가 되지 말고 사랑하는 이가 되거라.

그녀는 울다가 웃었고 나는 웃다가 슬퍼졌다.

돌아가는 그녀에게 더 밝은 달밤이었다.

그는 왜 그렇게 그분을 찾았을까?

가장 높으신 분을 왜 그렇게 탐구했을까?

그렇게 빌기까지 했을까?

기진하여 당신 탐구하기 싫어하지 않게 해달라고.

항상 열렬히 당신 얼굴 찾게 해달라고.°°

그는 내게 가르쳐주었다.

사는 게 사랑하는 거고, 사랑하는 게 아는 거라고.

알아서 사랑할 수 있고, 사랑해서 살 수 있는 거라고.

그가 간절히 하나님을 찾은 건 살기 위함이었다.

그것은 목숨에 의해 끌려가는 삶이 아니었다.

희망에 의해 인도되는 삶이었다.

하나님을 위함이 또한 자신을 위함이었다.

그래서 나를 믿게 하셨구나!

기독교에 귀의하게 하심은 참사람이 되게 하심이다.

우리는 그분에 관해 모르는 게 있다.
그런데 그분은 우리에 관해 모르는 게 없다.
우리가 당신을 몰라주는 것이 그분께는 아쉽지 않다.
그러나 그분이 우리를 몰라주는 게 우리에겐 아쉽다.
그분을 알지 않고는 행복에 이를 수 없기 때문이다.

그래! 원하는 걸 다 가졌다 치자.
사랑 없이 어찌 행복할 수 있단 말인가?
그런데 그분이 사랑이시다.

○ "인간은 이성적 사유만으로는 영원에 대한 참된 지식에 도달할 수 없습니다. 고유한 의미에서 영원은 하나님 자신이기 때문입니다. 영원은 단지 객관적으로 사유할 뿐 아니라 사랑할 때 알 수 있습니다." 김남준, 《하나님의 도덕적 통치》, 59.

○○ "주 나의 하나님, 나의 유일한 소망이시여, 내 기도를 들어주사 기진하여 당신을 탐구하기 싫어하는 일이 없게 하시고 항상 열렬히 당신의 얼굴을 찾게 하옵소서"(*Domine deus meus, una spes mea, exaudi me ne fatigatus nolim te quaerere, sed quaeram faciem tuam semper ardenter*). Augustinus, *De Trinitate*, 15.28.51.

그분을 찾아내리라.
이것은 그 사랑 안에 살게 되리라는 희망이다.
영원히 있는 그분을 알지 아니하고
어찌 잠시 있는 사물을 알겠는가?
최고로 있는 분을 사랑하지 않고
어찌 덜 있는 것을 알 수 있겠는가?

사라질 육체로 없어질 것을 사랑한다고?
찾을 것은 버리고 버릴 것은 찾는다고?
그래서 우는 건 우는 거지만 웃는 건 웃는 게 아니다.
엔니오 모리코네 〈가브리엘의 오보에〉의 선율.
내 방을 가득 채운다.°

난 누구인가?
난 어떻게 살아야 하나?

°   엔니오 모리코네Ennio Morricone 작곡, 영화 〈미션〉(Mission, 1986)의 테마곡 중 하나인 〈Gabriel's Oboe〉. 뮌헨 방송 교향악단The Munich Radio Orchestra 연주.

아무도 사랑하고 싶지 않던 밤,
핏기 없는 얼굴로 가위에 눌렸다.
하나님을 떠나 도망간 곳.
거기엔 엄마 품이 없었다.
날 안아주던 선생님의 따뜻한 치마폭도 없었다.

모두들 혼자다.
하지만 그분을 찾기에 외롭지 않다.
찾게 하시는 분이 만나주시기 때문이다.
기다려야 할 이가 있는 사람은 외롭지 않다.
멀리 갔어도 마음으로 함께 있기 때문이다.
찾아갈 힘 또한 주시옵소서.

불 꺼진 방에 혼자 있다.
이제는 무섭지 않다. 그때처럼 울지 않는다.

성냥팔이 소녀.
내 나이 일곱 살 때,
태어나서 처음 읽은 책이다.
눈만 감으면 그 소녀와 불빛이 떠올랐다.

추운 겨울밤. 목도리 두르고,
쪼그려 앉은 채 성냥불을 바라보는 소녀의 그림.

쪽배에 홀로 몸 싣고,
폭풍 이는 바다 같은 인생을 지날 때.
그 동화는 내 마음속에서 재해석되었다.
소녀가 죽은 것은 추워서가 아니라
어둠을 물리칠 불빛이 없어서였다고.

나의 고뇌.
다른 사람에 이해되기를 바랄수록
외로움을 더할 뿐이다.

불 꺼진 방.
홀로 있어도
원래 무섭지 않은 사람은
그냥 그렇게 살아가라고 하라.
그러나 그게 무서운 사람도 있다.
나의 이 글.
그런 그대 위해 한 개비 성냥불이 될 수 있다면….

홀로 있는 이들을 위해
기도하고 싶은 밤이다.

불 꺼진 방.
무서워하지 마소서.

그대 홀로 있지 않음을 아소서.

며칠 동안 이 책을 썼다. 꿈 꾸는 것처럼….
그 꿈이 현실이고 이 현실이 꿈이리라. 끝.

"당신을 향해 우리를 지으셨으니
당신 안에서 안식하기 전까지 우리 마음에는 쉼이 없나이다."

*…quia fecisti nos ad te et iniquietum
est cor nostrum, donec requiescat in te.*

아우구스티누스, 《고백록*Confessiones*》, 1.1.1

에필로그

청춘이 아름답단다. 뻥이다!
젊은 시절이 그립단다.
무슨 뜻으로 그럴까?
젊은이는 우쭐함에 뻥까고,
늙은이는 부러움에 그러는 거다.

인생은 젊어서 아름다운 것이 아니고
늙어서 보기 싫은 것도 아니다.
신체의 외모로는 그렇겠지. 그런데 그거 하나만 가지고
아름답다, 그립다 그렇게 말할 수 있나?
그래, 그런 아름다움에 인생의 무게가 덜해졌더냐?

태어난다는 건 죽는다는 것이다.
살아간다는 건 곧 죽어간다는 거다.
죽어간다는 건 살아 있음의 비움이다.
끊임없이 생명을 태우며 살아 있기 때문이 아닐까?
그 비움이 서러워 끝없이 채움을 갈구한다.

슈베르트 〈겨울 나그네〉
열네 번째 곡. 백발Der greise Kopf.
서러운 나그넷길에 머리 하얗게 서리가 내렸다.

노인이 된 줄 알고 좋아했단다.
녹아내리자 검은 머리 드러났다.
아직 세상을 하직하기까지 갈 길이 멀어 괴로워했단다.

현실이 뭐더냐?
정말 있는 거더냐?
칸트가 그랬단다. 인간은 스스로 답할 수 없는 질문을
끊임없이 던지는 존재라고.

현실을 알아야 진실을 알 텐데.
머리로 생각하는 현실은 왜곡된 거란다.
보고 들은 것을 해석한 거란다.
하버마스가 그랬다. 진실은 공동체의 합의라고.
이제 그런 이야기도 케케묵은 구닥다리란다.
각자 자기의 현실이 따로 있단다.
가상과 현실의 구분도 의미가 없단다.

그런데,
이 빌어먹을 현실!
끄떡없이 그대로 버티고 있다!
쾌락의 동굴에서, 몰입의 미로에서 나와보라!
황량한 벌판처럼 끝없이 펼쳐져 있다.
그럼 나더러 어찌 살라는 말인가?

자자, 진정하고. 마음을 가라앉히시게나.

그게 인생인 걸 어쩌나?

용기 있게 그 벌판에 서보시게!

남의 말에 내 인생을 맡길 순 없지 않은가?

그래서 용기가 필요하다.

생각할 용기.

여덟 편의 글.

자기 삶을 살고 싶었던 한 사람의 이야기다.

그저 생각할 용기를 낸 기록이다.

갈대처럼 흔들리고,

질그릇처럼 잘 부서지는 사람.

약하디약한 나의 용기다. 그분이 주셨다.

내게도 그럴 용기가 있었으니,

그대들은 더욱 용감해질 수 있다.

강요받은 삶은 발로 걷어차라!

자기가 선택한 삶을 살다 죽으라!

그러지 않으면 삶의 보람을 느끼지 못하리라.

그러나 생각하고 발길질하라.

괜히 깡통일 줄 알고 돌부리 걷어차지 말고.

유채색의 삶.
무채색의 죽음 위에 놓고 봐야 멋있다.
시간은 영원 위에서,
잠시 있을 건 항상 있는 것 아래에서 빛난다.
땅이 하늘 아래 있어 변화도 있는 거다.
사건은 땅에서 일어나고
의미는 하늘에서 주어진다.

쿵쿵!
아무리 발을 굴러도 바닥은 흔들리지 않는다.
이 반석은 어디까지 뿌리를 내리고 있는 건가?
너무 아득해서 보이질 않는다.
확실하다. 반석은 흔들리지 않는다.
그 반석 위에서 나의 자유로운 삶을 산다.

아무리 깊어져도 외롭지 않은 사랑도 있다.
사랑만이 자유를 준다.

밤이 깊다.
겨울도 깊어간다.

참고문헌

국내 도서 및 번역서

강영안.《읽는다는 것은》(서울: IVP, 2020).

게셰 툽텐 룬둡.〈모기는 전생에 나의 어머니〉,《공부하다 죽어라》, 청아, 류시화 역(서울: 조화로운삶, 2008).

김남준.《신학공부, 나는 이렇게 해왔다》, vol. 1(서울: 생명의말씀사, 2016).

_____.《영원 안에서 나를 찾다》(서울: 포이에마, 2015).

_____.《하나님의 도덕적 통치》(서울: 생명의말씀사, 2007).

김광섭.〈청춘〉,《김광섭 시전집》(서울: 일지사, 1974).

김소월.〈꿈〉, 김용직 편저.《김소월전집》(서울: 서울대학교출판부, 2007).

단테 알리기에리.《단테의 신곡, 下》, 최민순 역(서울: 가톨릭출판사, 2013).

데이비드 밀스.《우주에는 신이 없다》, 권혁 역(서울: 돋을새김, 2010).

두보.〈夢李白〉,《唐詩選》, 김학주 역저(서울: 명문당, 2011).

로이 배튼하우스.《아우구스티누스 연구핸드북》, 현재규 역(서울: 크리스천다이제스트, 2004).

리처드 바크.《갈매기의 꿈》, 류시화 역(서울: 현문미디어, 2003).

무라카미 하루키.《노르웨이의 숲》, 양억관 역(서울: 민음사, 2018).

박인환.〈목마와 숙녀〉,《목마와 숙녀》(서울: 미래사, 1991).

변광배.《존재와 무: 자유를 향한 실존적 탐색》(파주: 살림출판사, 2005).

섀넌 매케나 슈미트, 조니 렌던.《미친 사랑의 서: 작가의 밀애, 책 속의 밀어》, 허형은 역(파주: 문학동네, 2019).

소광희.《시간의 철학적 성찰》(서울: 문예출판사, 2003).

소포클레스.〈아이아스〉,《소포클레스 비극 전집》, 천병희 역(고양: 숲, 2008).

쇼펜하우어.《의지와 표상으로서의 세계》, 권기철 역(서울: 동서문화사, 2011).

시몬 드 보부아르.《노년: 나이듦의 의미와 그 위대함》, 홍상희, 박혜영 역(서울: 책세상, 2007).

아르투어 쇼펜하우어.《도덕의 기초에 관하여》, 김미영 역(서울: 책세상, 2004).

아리스토텔레스.《영혼에 관하여》, 유원기 역주(서울: 궁리, 2001).

아베로에스.《결정적 논고》, 이재경 역(서울: 책세상, 2005).

아우구스티누스.《영혼 불멸》, 성염 역주(왜관: 분도출판사, 2018).

에밀리 브론테. 《폭풍의 언덕》, 김종길 역(서울: 민음사, 2010).

에우리피데스. 〈헤카베〉, 《에우리피데스 비극 전집 1》, 천병희 역 (고양: 숲, 2009).

_____. 〈오리스테스〉, 《에우리피데스 전집 2》, 천병희 역(고양: 숲, 2011).

오스카 와일드. 〈사회주의에서의 인간의 영혼〉, 《일탈의 미학: 오스카 와일드 문학예술 비평선》, 원유경, 최경도 역(파주: 한길사, 2008).

와시다 기요카즈. 《철학을 사용하는 법》, 김진희 역(서울: 에이케이커뮤니케이션즈, 2017).

윌리엄 셰익스피어. 《햄릿》, 최종철 역(서울: 민음사, 2005).

윌리엄 워즈워스. 〈하늘의 무지개를 볼 때마다〉, 《하늘의 무지개를 볼 때마다》, 유종호 역(서울: 민음사, 2017).

유치환. 〈행복〉, 《유치환 시선》(서울: 지식을만드는지식, 2012).

이덕무. 〈산 글과 죽은 글〉, 《이덕무 선집: 깨끗한 매미처럼 향기로운 귤처럼》, 강국주 편역(파주: 돌베개, 2011).

이마누엘 칸트. 《아름다움과 숭고함의 감정에 관한 고찰》, 이재준 역(서울: 책세상, 2005).

이마미치 도모노부. 《단테 「신곡」 강의》, 이영미 역(파주: 안티쿠스, 2010).

이재숙 편역. 《우파니샤드 I》(파주: 한길사, 2007).

작자 미상. 〈魏文候〉, 《예기 · 악기》, 한흥섭 역(서울: 책세상, 2007).

장자. 《역주 장자 1》, 안병주, 전호근 공역(서울: 전통문화연구회, 2016).

_____. 《莊子》, 안동림 역주(서울: 현암사, 2002).

조창인. 《가시고기》(서울: 밝은세상, 2007).

존 스튜어트 밀. 《자유론》, 서병훈 역(서울: 책세상, 2009).

진자앙. 〈登幽州臺歌〉, 《唐詩選》, 김학주 역저(서울: 명문당, 2011).

토머스 하디. 《테스 1 · 2》, 정종화 역 (서울: 민음사, 2010).

프랑수아 라블레. 《팡타그뤼엘 제4서》, 유석호 역(파주: 한길사, 2006).

플라톤. 〈파이돈〉, 《플라톤의 네 대화편: 에우티프론, 소크라테스의 변론, 크리톤, 파이돈》, 박종현 역(서울: 서광사, 2003).

헤르만 헤세. 《나르치스와 골드문트》, 임홍배 역(서울: 민음사, 2005).

_____. 《데미안》, 전영애 역(서울: 민음사, 2000).

_____. 《헤세, 사랑이 지나간 순간들》, 송영택 역(서울: 문예출판사, 2017).

A. 아구스띤. 《고백록: 님 기림》, 최민순 역(서울: 바오로딸, 2005).

G. W. 라이프니츠. 〈자유와 필연성에 관하여〉, 〈선택에 있어서 필연성으로부터의 자유에 관하여〉, 《자유와 운명에 관한 대화 외》, 이상명 역(서울: 책세상, 2011).

T. S. 엘리엇. 〈드라이 샐베이지스〉, 《사중주 네 편: T. S. 엘리엇의 장시와 한 편의 희곡》, 윤혜준 역(서울: 문학과지성사, 2019).

국외 도서

Augustinus, Aurelius. *Confessiones*, in *Corpus Christianorum Series Latina*, vol. 27 (Turnholti: Brepols, 1996).

_____. *De Civitate Dei*, in *Corpus Christianorum Series Latina*, vol. 47 (Turnholti: Brepols, 1955).

_____. *De Civitate Dei*, in *Corpus Christianorum Series Latina*, vol. 48 (Turnholti: Brepols, 1955).

_____. *De Trinitate*, in *Corpus Christianorum Series Latina*, vol. 50 (Turnholti: Brepols, 1968).

_____. *De Vera Religione*, in *Corpus Christianorum Series Latina*, vol. 32 (Turnholti: Brepols, 1962).

_____. *Soliloquia*, in *Patrologiae Cursus Completus: Series Latina*, vol. 32, ed. J-P. Migne (Paris: 1845).

Cicero. *Orator*, *The Loeb Classical Library*, vol 342, trans. H. M. Hubbell (Massachusetts: Harvard University Press, 2001).

Eliot, T. S. "The Dry Salvages", *Four Quartets* (Boston: Houghton Miffin Harcourt, 2014).

Koehler, Ludwig and Walter Baumgartner, *The Hebrew and Aramaic Lexicon of the Old Testament*, vol. 2, trans. M. E. J. Richardson (Leiden: Brill, 2001).

Leonidas of Tarentum. "Greek Anthology", *The Loeb Classical Library*, vol 67, trans. W. R. Paton (Massachusetts: Harvard University Press, 1993).

Pascal, Blaise. *Pensées and Other Writings*, trans. Honor Levi (Oxford:

Oxford University Press, 1999).

Sartre, Jean-Paul. *L'Être et le Néant: Essai d'ontologie phénoménologique* (Paris: Gallimard, 1943).

Seneca. "L. Annaei Senecae ad Lucilium epistulae", *The Loeb Classical Library*, vol 75, trans. Richard M. Gummere (Massachusetts: Harvard University Press, 2006).

Shakspeare, William. *Romeo and Juliet, in The Plays of William Shakspeare*, vol. 21 (Basil: J. J. Tourneisen, 1802).

Plotinus. *EnneadI-VI, The Loeb Classical Library*, vol 440-445, 468 (Massachusetts: Harvard University Press, 2006).

Wordsworth, William. *The Collected Poems of William Wordsworth* (Ware: Wordsworth Editions Ltd., 1994).

음악

류근 작사, 김광석 작곡. 〈너무 아픈 사랑은 사랑이 아니었음을〉(1994). _박새별 노래.

이기, 용배 작사 · 작곡. 〈내 이름을 불러줘〉(Say my name, 2016). _여자친구 노래.

이소라 작사, 이승환 작곡. 〈바람이 분다〉(2004). _이소라 노래.

이주원 작사 · 작곡. 〈내 님의 사랑은〉(1974). _양희은 노래.

지성자(가야금), 최우칠(장구). 〈성금연류 가야금산조〉

피독, 방시혁, RM 작사 · 작곡. 〈Fake Love〉(2018). _BTS(방탄소년단) 노래.

하덕규 작사 · 작곡, 〈가시나무〉(1988). _하덕규 노래.

한상억 작사, 최영섭 작곡. 〈그리운 금강산〉(1962). _플라시도 도밍고(Placido Domingo) 노래.

Baber, Samuel. 〈Adagio for Strings〉(1936). _New York Philharmonic.

Bach, J. S. 〈Air on the G String〉(1871). _Early Music ensemble voices of Music.

Beethoven, Ludwig van. 〈Symphony No. 3〉(1804)

Beethoven, Ludwig van. 〈Symphony No. 5〉(1808). _Wiener Philharmoniker.

Beethoven, Ludwig van. 〈Symphony No. 9, 4th movement: Ode to Joy〉

(1824). _Berliner Philharmoniker.

Dalla, Lucio. 〈4 Marzo 1943〉(1971). _이용복.

Gatsos, Nikolaos and Manos Hadjidakis. 〈Me T'aspro Mou Mantili〉
(1967). _트윈폴리오.

Grieg, Edvard H. 〈Solveig's Song〉, Peer Gynt Suite(1875). _Anna
Netrebko.

Lermontov, M. Y. 〈Выхожу один я на дорогу〉(1841). _Anna German.

Mahler, Gustav. 〈Symphony No. 5, 4th movement〉(1902). _Berliner
Philharmoniker.

Moore, Thomas. 〈The Evening Bell〉(1998). _Sheila Ryan.

Morricone, Ennio. 〈Gabriel's Oboe〉, The Mission(1986 film), main theme.
_The Munich Radio Orchestra.

Offenbach, Jacques. 〈Les Larmes De Jacqueline〉(1853). _Werner Thomas-
Mifune.

Rimsky-Korsakov, Nikolay A. 〈Our Father〉(1883). _St. Petersburg
Chamber Choir.

웹사이트

위키백과. "사람", 2020년 10월 16일, https://ko.wikipedia.org/wiki/%EC
%82%AC%EB%9E%8C

The British Museum. "human mummy", 2020년 10월 16일, https://
www.britishmuseum.org/collection/object/Y_EA32751